KB113868

여섯 영혼의 노래, 그리고 가수

여섯 영혼의 노래, 그리고 가수 6

킹묵 장편소설

초판 1쇄 찍은 날 § 2018년 7월 18일
초판 1쇄 펴낸 날 § 2018년 7월 25일

지은이 § 킹묵
펴낸이 § 서경석

총괄팀장 § 최하나
편집책임 § 이종식
편집 § 김경민

펴낸곳 § 도서출판 청어람
등록번호 § 제387-1999-000006호
등록일자 § 1999. 5. 31
어람번호 § 제1-2936호

주소 § 경기도 부천시 부일로 483번길 40 서경B/D 3F (우) 14640
전화 § 032-656-4452 팩스 § 032-656-4453
http://www.chungeoram.com
E-mail § chungeorambook@daum.net

ⓒ 킹묵, 2018

ISBN 979-11-04-91789-9 04810
ISBN 979-11-04-91686-1 (세트)

6

킹묵 장편소설

여섯 영혼의 노래,
그리고 가수

FUSION FANTASTIC STORY

청어람

여섯 영혼의 노래, 그리고 가수

-*Contents*-

Chapter 1
음악 감독 아저씨의 노래

콜린이 자리에서 벌떡 일어섰다. 그러고는 손가락을 내밀어
윤후를 가리켰다.

"빈센트 배?"

"아니요. 배. 성. 철. 이요."

"하⋯⋯!"

윤후도 콜린의 반응에 뭔가 이상하다고 느꼈다. 하지만 콜
린의 스튜디오는 뉴욕에 있었고, 아빠 정훈의 말로는 휴스턴
밖을 벗어난 적이 없다고 했다.

그렇기에 떨리는 마음 한구석에 콜린이 착각할 수도 있을

거라는 생각도 들었다.

"저 혹시 JB 스튜디오가 휴스턴에 있었나요?"

아직까지 멍한 얼굴로 있던 콜린이 숨을 가다듬었다. 그러고는 다시 소파에 털썩 앉아 윤후를 뚫어져라 쳐다보고서 입을 열었다.

"휴스턴에는 없었죠. 처음부터 지금까지 뉴욕 맨해튼을 벗어난 적이 없습니다."

"전… 뉴욕에 가본 적이 없는걸요. 아무래도 제가 찾는 분이 아닌 거 같아요."

윤후는 아닐 거라는 생각이 들자 잠시나마 떨리던 마음이 아쉽다는 듯 입술을 꾹 닫았다. 그리고 그때, 콜린이 의미심장한 말을 뱉었다.

"MD 앤더슨 병원."

"음?"

윤후는 콜린이 뱉은 말에 깜짝 놀랐다. 정훈이 알려준 행선지 중 한 곳이다. 엄마의 치료 때문에 방문한 적이 있다고 들은 병원의 이름이 콜린의 입에서 나왔다.

"…어떻게 아셨어요?"

"하, 잠시만요."

콜린은 눈에 보일 정도로 떨리는 손으로 휴대폰을 꺼내 들었다. 그러고는 어디론가 전화를 걸었다.

"빈센트 좀 보내줄 수 있겠나? 괜찮네. 지금 당장 좀 보내주게나."

윤후도 콜린의 심각한 얼굴 때문인지 긴장되기 시작했다. 콜린이 하는 말이 맞는다면 음악 감독 아저씨가 빈센트였다. 그러자 윤후의 몸이 걷잡을 수 없을 정도로 떨리기 시작했다.

"왜 그려? 진정혀."

대식이 윤후의 어깨를 감싸주었지만, 쉽게 진정되지 않았다.

얼마나 몸이 떨리는지 말도 제대로 나오지 않았지만, 윤후는 힘겹게 콜린을 향해 입을 열었다.

"빈센트가… 배성철 아저씨가 맞나요?"

"네, 맞습니다."

"그럼… 아직 살아 계신 건가요?"

빈센트를 보내달라는 콜린의 말 때문이다.

기타 할배와 백수 아저씨의 경험으로 보아 죽었다고 생각했는데 살아 있을 수도 있다는 생각이 들자 윤후의 눈에 눈물이 고이기 시작했다.

"살아 있어요?"

곧 울음이라도 터뜨릴 것 같은 모습에 콜린은 안쓰러워하는 얼굴로 쳐다봤다.

그러다 입술을 굳게 다물고 고개를 저었다.

"십 년 전에… 죽었습니다."

"아, 그럼 조금 전에 하신 말씀은……."

그때, 때마침 콜린의 휴대폰에 알림 소리가 도착했다. 그러자 콜린은 휴대폰을 확인하고 윤후를 쳐다봤다.

"한번 들어봐 줄래요?"

윤후는 아직 마음의 정리가 안 되어 혼란스러운지 콜린의 말을 듣지 못했다.

그때, 콜린의 휴대폰에서 음악 소리가 들려왔다. 정확히 기억은 나지 않지만 분명 어디선가 들어본 노래가 들려왔다. 그 때문인지 윤후의 시선이 휴대폰으로 향했다.

조용한 피아노 소리 위에 허밍으로 음을 쌓은 노래였다.

비록 가사는 없지만 누군가를 위로하기 위한 느낌의 따뜻함이 물씬 묻어 있는 곡이 들려오자 윤후는 자신도 모르게 피아노 소리에 맞춰 허밍으로 음을 쌓았다.

휴대폰에서 들리는 허밍과 완벽하게 일치하는 음으로.

음악을 들을 때 가수와 년도까지 기억하고 있지만, 지금 들리는 노래만큼은 아무런 기억이 없었다.

그저 노래의 음만 떠올랐다. 그럼에도 노래가 주는 따뜻함 때문인지 윤후는 여전히 노래를 따라 불렀다.

윤후가 허밍으로 노래를 부르자 콜린은 양손으로 얼굴을 부여잡았다. 몇몇을 제외하고는 아무도 알지 못하는 곡이다.

그런데 앞에 앉은 윤후가 이미 알고 있다는 듯 노래를 부르고 있었다.

'찾았다, 빈센트. 찾았어. 네가 말하던 꼬마.'

휴대폰의 노래가 끝이 났다. 윤후도 노래 덕분에 약간은 진정됐는지 고개를 숙이고 있는 콜린에게 물었다.

"이 노래… 누구 노래예요? 들어본 기억은 있는데 누구 곡인지 모르겠어요."

그제야 콜린은 얼굴에서 손을 내려놓고 고개를 들었다.

"빈센트입니다."

"……."

"빈센트 한국 이름이 배성철입니다. 지금 곡도 빈센트가 완성시키지 못한 마지막 곡이고요."

"이게… 아저씨 곡이라고요?"

"네, 맞습니다."

다섯 영혼이 모두 그랬듯이 배성철도 자신의 얘기를 한 적이 없었지만, 이 곡만큼은 아닐 거라며 고개를 저었다. 그때, 콜린이 옅은 미소를 지으며 말했다.

"아까 말했죠? MD 앤더슨."

윤후가 고개를 끄덕거리자 콜린 역시도 고개를 끄덕거린 뒤 말을 이었다.

"빈센트가 병원에 있을 당시에도 곡 작업을 계속하고 있었죠. 아마도 누군가에게 마지막으로 주고 싶은 선물이었을 겁니다. 그러던 중 갑자기 병세가 악화되었어요. 사람도 못 알아볼 만큼."

그때가 떠오르는지 콜린은 크게 숨을 내쉬었다.

"그리고 다행히도 깨어났을 때 말도 제대로 하지 못하면서 저한테 한 말이 있어요. 병원 로비에서 마주친 꼬마 좀 찾아 달라고. '빈센트'를 고작 한 번만 듣고 따라 부르던 그 꼬마 좀 만났으면 한다고요."

"그게… 저인 거죠?"

"아마도요. 설마 지금까지 기억하고 있을 줄은 몰랐지만, 이 노래를 알고 있다면 맞겠죠. 사실 그 노래의 주인은 따로 있어요. 빈센트가 만들었지만 받을 사람이 따로 있었죠."

"아, 네……."

윤후는 여전히 긴가민가했고, 콜린은 그 모습을 보며 이해한다며 휴대폰을 뒤적거렸다. 그러고는 사진 하나를 찾은 뒤 내밀었다.

"휴대폰으로 찍은 거라 깔끔하지는 않지만 한번 보세요. 후 씨가 빈센트를 찾는다면 얼굴을 알고 있을 테니."

윤후는 긴장한 듯 떨리는 손으로 휴대폰을 받아 들었다.

열댓 명 정도가 JB 스튜디오의 간판과 함께 사진을 찍었고, 그중 가운데에 있는 사람이 눈에 들어왔다. 당장에라도 크게 웃을 것처럼 입을 벌리고 웃고 있는 배성철이었다.

'아저씨 음악이었구나. 말이라도 좀 해주지.'

반가웠다. 기억하는 모습 그대로였다. 자신감 넘치는 모습부터 장난스러운 동작까지.

윤후는 사진에서 눈을 떼지 못했다. 그 모습을 본 콜린이 미소를 지으며 옆을 가리켰다.

"빈센트의 아내이자 제 친구죠. 그리고 빈센트가 곡을 주려한 사람이기도 하고요."

사진 속에는 음악 감독 아저씨와 마찬가지로 환하게 웃고 있는 여성이 보였다.

사진 속의 느낌만으로도 밝은 사람이라는 것이 충분히 느껴졌고, 아저씨와 가족이라는 말 때문인지 윤후에게도 친근하게 느껴졌다.

사진만으로도 따뜻한 느낌을 주는 사람이었다. 윤후가 사진을 뚫어져라 쳐다볼 때, 콜린이 입을 열었다.

"그런데 어떻게 어디서 만난 줄도 모르면서 빈센트를 기억하시는지……."

"그게……."

사진을 보던 윤후는 순간 당황했다.

자폐증만으로도 한국에서 아직까지 커다란 이슈를 몰고 다니고 있음을 알기에 자신이 매우 특별하다는 것을 느끼고 있던 터라 쉽게 말을 꺼낼 수 없었다. 윤후는 말을 얼버무렸다.

"아저씨한테 음악을 배웠어요. 어디서 만났는지는 잘 기억나지 않지만요. 제가 음악 말고는 다른 걸 잘 기억하지 못하거든요."

윤후는 말을 하고 콜린을 조심스럽게 쳐다봤다.

이상하게 생각할지도 모른다는 생각과 다르게 콜린은 이해한다는 얼굴로 미소를 지었다.

"아, 그렇죠? 이해합니다. 그렇지 않아도 후 씨에 대해 조사… 아, 그러니까 영화음악을 부탁하기 위해 후 씨에 대해 알아본 거죠. 그래서 저희도 지금 한국에서 일어나고 있는 일을 대충 알고 있습니다."

"네……."

콜린은 미리 조사했다는 점에 대해 다시 사과하고 윤후를 가만히 쳐다봤다.

그리고는 윤후가 들고 있는 자신의 휴대폰을 가리켰다.

"미안한데 말이죠, 혹시 후 씨가 빈센트의 곡을 완성시켜 줄 수 있을까요?"

"제가요?"

"사실 그냥 그대로 놔두려 했습니다. 은주, 그러니까 빈센트의 아내도 그러길 바랐고요. 하지만 긴 시간은 아니었겠지만 빈센트에게 음악을 배웠고, 빈센트마저 후 씨를 찾은 걸로 보면 혹시 이런 걸 부탁하려고 찾지 않았나 싶네요."

"제가 완성시켜도 돼요?"

"그럼요. 오히려 제가 부탁드리고 싶습니다."

음악 감독 아저씨의 곡이라면 두말할 것 없이 찬성이었다. 힘차게 고개를 끄덕거렸다.

*　　　　*　　　　*

콜린이 돌아간 뒤 서울에 있는 아빠 정훈과 통화 중이다.

─흠, 그러니까 그 많고 많은 병원 중에 앤더슨 병원에서 마주쳤다는 거네?

"네. 그런 거 같아요."

─이상하네. 왜 전부 병원에서 마주친 거지? 그럼 제임스랑 딘은?

"아직이요."

제임스와 딘도 윤후에게 소중한 인연이었기 때문에 아쉬웠지만, 일단은 먼저 찾게 된 배성철의 흔적들이 궁금했다.

이미 마음을 굳힌 윤후였기에 정훈에게 조심스럽게 입을 열었다.

"저… 그래서 뉴욕에 한번 갔다 오려고요."

─음…….

정훈이 걱정되는지 쉽게 대답하지 못했다.

"조심해서 다녀올게요. 콜린 씨하고 대식이 형도 같이 갈 거니까 너무 걱정 마세요."

―음, 그래. 뉴욕은 무섭다니까 밤에 돌아다니지는 말고, 하루에 한 번씩 꼭 전화하고, 대식 씨랑 무조건 붙어 있고. 알겠지?

"네, 알았어요."

그 뒤로도 걱정하는 정훈의 말이 계속됐고, 윤후는 자신을 걱정하는 마음을 알기에 열심히 대답했다.

그리고 전화를 끊자마자 뒤에서 기다렸다는 듯이 대식이 다가왔다. 콜린과의 대화를 묻고 싶었을 텐데 지금까지 참고 있었다.

"찾은 거여?"

"네, 찾았어요. 아직 한 명뿐이지만."

"그려, 그래도 다행이네. 대표님헌티는 내가 말혔는데 자세한 건 몰라서 네가 직접 얘기해 주는 게 좋을 거여. 지금 기다리고 있다고 혔으니까 전화혀 봐."

윤후는 고개를 끄덕이고 곧장 김 대표에게 전화를 걸었다.

―어, 잠깐만!

문이 열리는 소리로 봐서 사무실을 나온 모양이다. 잠시 뒤 김 대표가 다짜고짜 물었다.

─찾은 거야? 누구 찾았어? 콜린이 아는 사람이래?

"흣."

─웃지 말고, 자식아. 어떻게 찾은 거야?

정훈이 김 대표에게 자신에 대한 얘기를 했다는 것을 알고 있다. 그래도 자신보다 더 궁금해하는 김 대표가 우습기도 하면서 고맙기도 했다.

윤후는 자세히 얘기를 해줬고, 전화기 너머에서 김 대표의 감탄하는 소리가 들려왔다.

─그럼 맨해튼으로 가겠네?

"네, 다녀오려고요."

─알았어. 언제 가려고? 우리도 미리 준비해 놓아야지.

"콜린 씨가 다 준비해 준댔어요."

─그래. 그럼 콜린 그 양반이 영화음악 부탁하겠네.

음악 감독 아저씨의 일로 콜린이 찾아온 원래의 이유를 까맣게 잊고 있었다.

김 대표의 말에 그럴 수도 있을 거라는 생각이 들었고, 김 대표에게 의사를 물었다.

"어떻게 해요?"

─뭘 어떻게 해? 하고 싶어? 하고 싶으면 하고 하기 싫으면 안 하면 그만이지. 그래도 조건은 좋아 보이더라. 그쪽에서 직접 찾아왔었거든. 조건이 상당히 좋더라고. 할 거면 말해. 걔

네들 안 가고 죽치고 있으니까 미국까지 갈 필요도 없어.

"흠, 알았어요. 일단 가보고 하게 되면 얘기할게요."

—그래, 알았어. 뉴욕 가서도 대식이 놈 잘 챙겨 다니고.

대식을 잘 챙기라는 말에 윤후는 피식 웃고 전화를 끊었다.

"뭐라고 그러는디?"

"형 잘 챙기래요."

"워매, 그 양반은 참 말을 혀도."

대식은 못마땅한지 코를 씰룩거리고는 윤후에게 커피를 건네며 말했다.

"그런디 말이여, 우리 뉴욕 가면 그 빠블로는 워쩐댜? 거 가서도 데모 돌릴 건 아니쟈?"

"아!"

뉴욕에 간다는 생각에 파블로 부자에 대한 것을 잊고 있었다.

녹음까지 하고 기타 연습도 하면서 기다리고 있을 거란 생각이 들자 미안한 마음이 들었다.

"일단 같이 가야겠어요. 계속 뉴욕에 있을 것도 아니니까요."

"그랴, 그럼. 기다리게 허지 말고 메시지 남겨줘야. 그 시끼 또 소 눈깔 같은 눈 허고 집 앞에 찾아올라."

대식은 어지간히 파블로가 마음에 든 모양이다. 윤후는 대식의 모습에 미소를 짓고 파블로에게 메시지를 남겼다.

*　　　　　*　　　　　*

다음 날 저녁이 되어 뉴욕에 도착한 윤후는 콜린과 함께 이스트강이 보이는 다리를 건너고 있었다.

창밖을 구경할 만도 할 텐데 음악 감독 아저씨가 있던 녹음실에 간다는 생각에 긴장되어서인지 눈에 들어오지 않았다.

한참을 이동해 높게 솟은 건물들 앞에 차가 멈춰 섰다.

"여기입니다."

그제야 윤후는 차에서 내리며 밖을 쳐다봤다.

건물과 건물 사이에 틈도 없이 빼곡하게 건물들이 늘어서 있었다. 그중 유난히 낮은 4층짜리 건물로 향했다.

콜린을 따라 1층에 있는 상업은행을 지나쳐 올라가자 'MFB Recording Studio'라는 글이 보였다.

긴장하던 가슴이 더욱 두근거렸다. 문 앞에 윤후가 멈춰 서자 콜린이 미소를 지으며 손짓했다.

"밖은 수리를 많이 했지만 내부는 몇몇 장비를 제외하고는 그대로입니다. 들어가 보시죠."

윤후는 고개를 끄덕이며 콜린을 따라 들어섰다. 그러자 스튜디오 안에 있던 백인 남성이 다가와 손을 내밀었다.

"당신이 후? 반가워요. 난 제이콥. 제이콥 앤더슨입니다. 콜린의 친구이자 빈센트의 친구. 반가워요."

"안녕하세요. 후… 오윤후입니다."

일로 만나는 사람이 아닌 음악 감독 아저씨의 친구라는 소개에 자신의 이름으로 인사를 했다. 그러자 콜린이 제이콥이란 사람에게 말했다.

"일단 구경부터 하고 천천히 인사하자고. 식사 전이지?"

"그럼. 기다렸지. 정리 다 해놨으니까 보고 와."

윤후는 콜린을 따라 녹음실 문 앞에 섰다. 그러자 콜린이 미소를 짓고 입을 열었다.

"총 세 개의 스튜디오 중 빈센트가 항상 있던 스튜디오입니다."

콜린이 문을 열자 환한 녹음실 내부가 눈에 들어왔다. 음악 감독 아저씨의 말을 듣고 상상하던 그대로였다. 커다란 실내에 정돈된 장비들.

부스가 보이는 창 양쪽에 달아놓은 모니터 스피커와 일체형 콘솔이 아닌, 입맛에 맞게 구비된 장비들.

방음 처리된 벽과 콘솔 뒤의 낡은 소파까지 배성철이 한 말에 상상하던 것과 다르지 않았다. 윤후는 터벅터벅 걸어가 콘솔 앞에 앉아 부스를 쳐다보며 믹서에 손을 조심스럽게 올렸다. 꾹 다물고 있던 입술이 열렸다.

"다시 만났다……."

＊　　　　　＊　　　　　＊

음악 감독 아저씨의 스튜디오 근처에서 식사를 마친 윤후는 조급한 듯 손가락으로 탁자를 두드렸다.

다시 스튜디오로 올라가 배성철이 듣던 음악, 만들던 노래들을 들어보고 싶은 마음이 컸다.

"후 씨가 기다리다가 눈 빠지겠는데 이만 가야겠네요. 하하!"

콜린이 윤후의 모습을 충분히 이해한다는 듯 입을 열었고, 윤후는 만족스러운 얼굴로 바로 일어섰다. 그러고는 곧장 레스토랑을 나설 기세다.

"너 또 녹음실에 갈 건 아니쟈?"

"맞아요."

"밤인디? 잠은 안 잘 겨? 내일 다시 오는 게 좋지 않겄어?"

"형 먼저 호텔로 가세요."

"그게 말이여, 막걸리여. 내가 워뜨케 그려?"

대식은 고개를 젓고 있지만 윤후를 이해한다는 듯 따라나섰다. 잠자리야 한국에서도 소파에서 잔 적이 하루 이틀이 아니었으니 문제가 되지 않았다.

급하게 서두른 덕분에 다시 녹음실에 도착한 윤후였고, 콜린은 윤후에게 배성철이 만들던 음악을 소개했다. 팝도 있었지만 비교적 영화음악이 많았고, 그중에는 윤후가 본 영화도 다수 껴 있었다. 윤후는 CD 한 장을 들어 올렸다.

"아, 이 영화음악도 아저씨가 만들었어요?"

"하하, 전부 다 만든 건 아닙니다. 음악 감독을 했을 뿐이고요. 빈센트가 만든 곡들은 컴퓨터로 보시는 게 편할 겁니다. 따로 보관 중이랍니다."

콜린은 친절하게 컴퓨터를 켰고, 배성철이 만든 곡들을 보여주었다.

배경음악부터 주제곡, 그리고 일반 팝.

어떤 곡은 20초짜리도 있었고 어떤 연주곡은 5분이 넘어가는 곡도 있었다.

상당히 다양한 종류의 곡이 수백 곡이 넘었다. 윤후는 기쁜 얼굴로 제일 처음 곡부터 재생시켰다.

그 모습을 지켜보던 콜린은 조용히 천장에 달린 히터를 틀고 녹음실을 나섰다.

지금 느낌이라면 저 곡을 전부 듣기 전에는 쉽사리 일어서지 않을 것 같았다. 그리고 그게 맞는다는 듯 윤후는 곧장 두 번째 곡을 재생시켰다.

*   *   *

벌써 3일 동안 녹음실에서 꼼짝도 안 한 윤후 탓에 대식은 죽을 맛이었다. 김 대표는 김 대표대로 뭐라 하고, 3일 동안 소파에서 쪼그리고 자서 그런지 몸은 몸대로 피곤했다. 그렇다고 윤후를 내버려 두고 혼자 호텔로 갈 수도 없었다.

그렇기에 그저 소파에 누워 윤후가 가자고 하길 기다릴 뿐이었다. 그때 윤후가 의자를 돌려 대식을 쳐다봤다.

"형, 저 어디 안 갈 거니까 호텔에서 쉬다 오세요."

이제 그만 가자고 말할 줄 알았건만, 다시 먼저 가라는 윤후의 말에 대식은 고개를 젓고 입을 열었다.

"월매나 더 있어야 허는 겨?"

"노래는 다 들었고요, 아저씨가 남긴 곡을 완성시켜 보려고요."

"그랴? 너 뚝딱 만들잖여. 그럼 금방 가겠네. 어여 혀. 다 허고 같이 가야."

윤후는 고개를 끄덕이고 다시 의자를 돌렸다.

콜린에게 허락을 받긴 했지만, 그렇다 해도 마치 자신의 녹음실인 듯 자연스럽게 장비들에 손을 댔다.

윤후는 두 개의 트랙으로 된 '빈센트'를 불러왔다. 피아노 트랙과 허밍으로 된 트랙. 악기 간의 화음도 없이 오로지 두 트랙뿐이었다. 그럼에도 윤후는 약간 긴장한 얼굴이었다.

'아저씨가 좋아하는 건반으로 할게요.'

윤후는 피식 웃으며 집에서처럼 컴퓨터로 가상 악기를 불러오려다 고개를 젓고 옆에 있는 실제 건반에 손을 올렸다.

그러고는 배성철이 하던 것처럼 건반 체크를 한 뒤 모니터에 제대로 체크가 되는지 확인했다.

확인이 끝나자 곡을 떠올리는 듯 잠시 눈을 감았다. 잠시 뒤 눈을 뜬 윤후는 건반 위의 손을 움직이기 시작했다.

천천히 기억하는 그대로.

자신이 들은 부분을 모두 연주한 윤후는 건반에서 손을 내려놓고 다시 눈을 감았다.

'참 아저씨 같은 노래네. 장난기도 있으면서 따뜻하고, 그리고 마음을 편안하게 만들어주는 멜로디.'

한참 동안 배성철을 떠올린 윤후는 얼굴에 한가득 미소를 지으며 눈을 떴다.

이어 곧장 건반 위에 손을 올리고 연주를 시작했다. 원래 있던 곡을 연주하는 듯 손을 움직였다.

하지만 건반이 아직 미숙한 탓인지 주춤거릴 때가 종종 있었다. 그 모습을 보던 대식이 의아한 듯 물었다.

"왜 기타로 안 허고 피아노로 허는 겨?"

"곡 주인이 피아노를 좋아했거든요."

"기타로 허고 피아노로 바꾸면 안 댜?"

"네, 안 돼요."

기타로 하면 금방 끝날 것 같아 한 말이었지만, 쳐다보지도 않고 대답하는 윤후였다. 그리고 윤후의 연주는 계속 반복되었다.

*　　　　*　　　　*

다음 날 아침.

스튜디오에서 나올 생각이 없는 윤후가 걱정된 콜린은 녹음실부터 들렀다.

"제이콥, 아직도 있지?"

"그럼. 나 올 때까지 연주하고 있던데?"

"식사는?"

"간단하게 사다 주긴 했는데… 저래도 되는 건지 난 모르겠어. 어떻게 나흘 동안 녹음실에만 있는 거지? 빈센트 이후로 처음 본다."

"하하, 그래. 일단 가서 인사나 좀 하고 오늘은 억지로라도 호텔로 데려가야겠네."

콜린은 어깨를 으쓱거리고 윤후가 있는 녹음실로 향했다. 들릴 리 없겠지만 가볍게 노크를 한 뒤 문을 열자, 소파에 쪼

그리고 잠이 든 두 사람이 보였다. 콜린은 고개를 저으며 몇 걸음 걷다가 멈춰 섰다. 스피커에서 잔잔하게 노래가 흘러나오고 있었다.

빈센트의 익숙한 노래였다. 콜린은 밤새 이 노래를 틀어놓고 잔 윤후를 쳐다보며 깨우지 않고 컴퓨터 앞 의자에 앉아 오랜만에 친구의 마지막 곡을 감상했다.

한데 뭔가 이상했다. 2분 남짓한 노래였는데 지금 들리는 곡은 2분은커녕 5분이 넘어가는 듯 느껴졌다.

그렇다고 같은 노래를 이어 붙인 느낌은 아니었다.

조금 더 집중하고 귀를 기울였다. 듣다 보니 어느 순간부터는 처음 듣는 멜로디였다. 그럼에도 불구하고 앞부분과 동일한 느낌을 주는 덕분에 전혀 위화감이 들지 않았다.

그러다 자고 있는 윤후의 모습이 눈에 들어왔고, 자신도 모르게 의자에서 일어섰다.

"오… 마이… 갓……."

자신의 친구 빈센트가 들려준 음악이 지금 듣는 음악의 한 부분을 들려줬을 수도 있다는 착각이 들 정도였다.

충격을 받은 듯 콜린은 당장 윤후를 깨우려 했다. 하지만 평소의 얼굴과 조금 달라 보였다. 좋은 꿈이라도 꾸는 듯 자면서도 미소를 짓고 있는 윤후의 모습에 콜린은 다시 의자에 앉았다. 그때, 제이콥이 녹음실로 들어왔다.

"뭐 하고 있어? 자고 있구나."

"쉿!"

콜린은 검지를 입에 대며 조용히 하라고 한 뒤 옆에 있는 의자를 꺼내 제이콥에게 앉으라고 했다. 그러고는 노래를 들어보라며 자신의 귀를 살짝 두드렸다.

제이콥은 어깨를 으쓱하고 의자에 앉아 스피커에서 잔잔하게 흘러나오는 노래에 귀를 기울였다.

콜린과 마찬가지로 빈센트의 오랜 친구인지라 알아차리는 데 그리 오래 걸리지 않았고, 그와 동시에 벌떡 일어섰다.

"이게 뭐야? 설마 '빈센트'가 원래 있던 곡이었어? 아니지! 그건 아니야!"

"쉿!"

"뭘 쉿이야! 설명해 봐! 이게 뭔데? 어떻게 된 거야?"

제이콥의 소란 때문인지 소파에서 자고 있던 윤후가 눈을 떴다. 밤새도록 틀어놓은 노래가 아직도 들려서 기분이 좋은지 미소를 지으며 말했다.

"어때요? 좋죠? 새벽에 녹음도 했고 믹싱까지 마쳤어요. 가사는 원래대로 없고요."

"……."

제이콥도 빈센트가 말하던 꼬마 천재가 윤후라는 것을 콜린을 통해 전해 들었다. 하지만 이렇게 하루아침에 곡을 완성해 놓을 줄은 상상도 못 했다. 자신도 몇 번인가 완성시키려 했지만 지금 들려오는 곡처럼 자연스럽지 못했다. 그 때문인지 아무 말도 못 하고 윤후를 가만히 쳐다봤고, 콜린도 마찬가지였다.

"어떻게 들려요? 한 곡처럼 들려요? 전 상당히 만족스러운데."

윤후는 콜린과 제이콥이 말이 없자 미소가 사라지며 약간 풀이 죽은 목소리로 말했다.

"이게 최선인데… 연결부는 전부 원래 아저씨 곡에서 따온 거예요. 그렇게 안 하면 다른 노래 같고 느낌부터 틀어져 버려서……."

콜린은 그제야 미소를 지으며 입을 열었다.

"완벽해요. 정말 완벽해요."

"그렇죠? 저도 이번 곡은 신경을 많이 썼어요. 한 20곡 정도 만들었는데 느낌이 약간씩 어긋나더라고요. 아무리 만져도 지금 이 곡처럼 자연스럽게 안 나와요."

윤후는 자신의 말에 동감한다는 듯 고개를 끄덕거리는 콜린의 모습에 씨익 웃었다. 다른 사람의 노래를 전부 바꿔본 적은 있지만, 곡을 이어서 만들어본 경험은 없었다.

물론 배성철의 곡이 아니었다면 할 생각도 없었지만, 막상 하다 보니 새로운 작업이 재밌게 느껴졌다. 배성철이 어떤 생각, 어떤 느낌으로 곡을 썼는지 상상해야 했다.

마치 자신을 표현한 듯한 '난 이런 사람이야'라고 말하는 느낌이었다. 물론 배성철을 알고 있는 윤후였기에 가능했지만.

그러다 윤후는 전에 콜린에게 들은 말을 떠올리며 조심스럽게 입을 열었다.

"저… 이 곡이요, 배성철 아저씨가 드리려고 한 분이 있다고 말씀하셨잖아요."

"아, 그랬죠."

"어떤 느낌으로 완성시켰는지 제가 직접 설명하면서 들려드릴 수 있을까요?"

콜린은 윤후의 노래에 충격을 받아서인지 거기까지 생각을 못 했다.

자신도 생각하지 못한 일을 윤후의 입에서 듣자 윤후를 향한 고마움이 더 커졌다. 미소를 지으며 고개를 끄덕거렸다.

"당연하죠. 곧 자리를 마련하겠습니다. 그리고 후 씨는 영어 표기도 Who라고 하면 되겠지요?"

"네?"

갑자기 자신의 이름을 묻는 콜린의 말에 고개를 갸웃거렸다.

"아직 곡 주인에게 들려주지 않아 어떻게 할지는 정해지지 않았지만, 그래도 공동 작곡가니까요. 제 친구 빈센트와 그의 제자 Who."

윤후는 콜린의 말에 활짝 미소 지었다. 곡을 만들었다는 기쁨보다 음악 감독 아저씨와 무언가를 함께한 것 같은 느낌이 들었다.

＊   ＊   ＊

콜린이 마련해 준 호텔에서 윤후는 정훈과 통화를 마치고 난 뒤 곧장 김 대표에게 전화를 걸었다.

"안녕하세요."

―뭘 또 안녕하세요야? 지금 일어났어?

"네."

―난 지금에야 집에 가려고 하는데. 연말이라 너무 바쁘다.

윤후는 주저리주저리 떠드는 김 대표의 말을 들으며 피식 웃었다.

―그래서, 오늘은 뭐 하려고? 볼일 마쳤으면 다시 휴스턴으로 갈 거야?

"그것 때문에 전화 드렸어요."

―왜? 무슨 일 있어?

윤후는 김 대표가 어떻게 반응할지 몰라 걱정스러운 얼굴이었지만, 그래도 꼭 하고 싶었다.

"저 영화음악. 한번 해보고 싶어요."

―영화음악? 왜, 그 백인 뚱땡이가 꼬셔?

"아니요. 그런 건 아니고요, 제가 해보고 싶어서요."

―갑자기 왜? 얼마 전까지 그냥 시큰둥했잖아.

김 대표가 이미 자신에 대해 알고 있기에 오히려 말하기가 편했다.

"저한테 음악 알려준 사람이 했던 거, 저도 한번 해보고 싶어요."

―……

전화 너머에서 잠깐 동안 침묵이 흘렀다. 잠시 뒤 소란스러운 소리가 들려왔다.

―최 팀장, 백인 삼총사 아직 한국에 있지? 그래, 내일 만나자고 해. 어? 뭐라고? 그게 뭔 소리야?

김 대표의 대답을 직접 듣지 않아도 허락한다는 것을 충분히 알 수 있었다. 그리고 오랜 기다림에 전화를 끊으려 할 때 김 대표의 목소리가 들려왔다.

―너 지금 당장 하는 건 아니지? 너 뭐 하라고 해도 하면 안 된다?

"네?"

―최 팀장이 너 비자 뭐라고 하는데 그거 때문에 걸린대. 내일 그쪽 사람들 만나서 어떻게 해야 되나 물어볼 테니까 지

금 당장은 놀고 있으래. 오케이?

"훗, 알았어요."

혹시라도 반대할까 내심 조마조마하던 윤후는 김 대표의 말에 피식 웃었다. 그렇지 않아도 녹음실에 너무 오래 있던 탓인지 대식은 죽은 것이 아닐까 하는 생각이 들 정도로 잠에 빠져 있었다. 자신도 휴식이 필요하던 참이었다.

*   *   *

며칠 뒤.

콜린이 마련한 호텔도 마다하고 주야장천 녹음실에만 있던 윤후는 뜻밖의 인물과 마주했다. 한국에서 처음 마주쳤고 자신에게 러브콜을 보낸 마크 그레이스였다.

지금 있는 녹음실에서 처음 마주쳤을 때, 혹시 이 사람도 음악 감독 아저씨와 친분이 있나 싶었지만 일로 몇 번 마주친 것이 전부라고 들었다. 같이하고 싶은 마음은 굴뚝같았지만, 배성철의 사정상 그럴 수 없었다고 했다. 그리고 지금 자신이 그 뒤를 이어받았다.

윤후는 영화 편집 팀을 제외하고 완성된 작품을 그 누구보다 먼저 감상 중이다. 영화를 보던 윤후는 내심 음악의 위대함을 느꼈다. 대사를 제외하고는 다른 효과음이 아무것도 없었고, 어떤 음악도 들리지 않았다. 그 때문인지 분명 감동적인 부분 같은데 그저 시큰둥하게 다가왔다.

그런 윤후의 모습을 보는 마크는 예전에 들은 '스마일'을 떠올리며 기대감에 불타고 있었다.

"어때? 재밌지?"

"네, 뭐······."

윤후는 영화 장면마다 어떤 음악이 어울릴까 생각하며 보던 중이기에 재미를 느끼지 못했다. 그저 계속해서 물어보는 마크의 질문에 기계처럼 대꾸해 줄 뿐이었다. 그리고 영화가 끝나갈 무렵이 되었다.

"이거 정말 회심의 장면이야. 여기만 나흘 동안 찍은 거야. 이 한 장면!"

예전에 마크가 시나리오를 얘기해 준 다음 장면이었다. 친구의 무덤을 확인한 뒤 옛 거리를 하염없이 걷던 주인공이 친구가 살던 집 앞에 멈춰 섰다. 이윽고 문이 열리면서 예전 친구와 똑 닮은 소년이 나오는 모습에 주인공이 놀라며 이름을 묻는 장면이었다.

"와!"

"왜 그래? 너무 감동적이야?"

마크의 말대로 소년의 이름을 들은 주연배우의 얼굴이 클로즈업되는 장면은 엔딩인 만큼 상당히 감동적이었다. 윤후는 어떤 음악이 어울릴까 생각하던 중 딱 맞는 음악이 떠올랐다. 자신이 만든 곡은 아니지만, 그 목소리며 분위기가 지금 나오는 영화의 주인공에 딱 들어맞는 느낌의 곡이다.

"마크 씨, 저 정말 좋은 노래 있어요."

"이미 있는 노래야? 알려진 건 좀 별론데. 새로웠으면 좋겠어."

"새로워요. 정말 잘 어울릴 거예요."

윤후는 미소를 지으며 휴대폰에 담긴 음악을 찾기 시작했다.

Chapter 2
영화음악

윤후는 자신의 휴대폰을 컴퓨터에 연결했다. 그러고는 곡 하나를 옮기고서 마크에게 화면을 주인공이 거리를 거니는 장면으로 돌려달라고 부탁했다. 그러자 기대감에 가득 찬 표정의 마크가 빠르게 영상을 돌렸다. 영상이 나오자 윤후는 준비한 노래를 재생시켰다.

"어……?"

윤후는 마크의 반응을 살폈다. 자신의 노래를 들려줄 때도 이렇게 긴장되지 않았는데 다른 사람의 노래를 들려주고 있는 지금은 손에 땀이 찰 정도로 긴장되었다. 그리고 그때, 마크가 손을 올려 턱을 괴며 눈을 갸름하게 떴다.

"지금보다 약간만 소리 좀 줄여줘."

윤후는 화면에서 눈을 떼지 않고 말하는 마크의 말대로 볼륨을 조절했다. 그리고 영상이 끝나자 마크는 다시 화면을 돌렸고, 다시 볼륨을 더 작게 조절해 달라고 부탁했다. 몇 번이나 계속된 탓에 윤후는 내심 걱정이 되었다.

'마음에 들지 않는 건가?'

영상이 끝났지만 마크는 더 이상 영상을 돌리지 않았다. 대신 영상이 아닌 노래만 따로 재생시켰다. 몇 번이나 돌려 듣던 마크가 숨을 크게 내쉬었다.

"누구 노래야? 후 노래야?"

"아니요. 제 노래는 아니에요."

윤후는 마크가 고개를 끄덕거리고 아무 말도 없자 조심스럽게 물었다.

"어때요? 마음에 안 드세요?"

"어? 아니. 너무 마음에 들어. 그런데 약간 걸리는 부분이 있네. 음, 너무 깔끔해."

"네?"

"주인공의 감정이 깔끔한 게 아니거든. 소년을 만나기 전까지는 여러 가지 감정이 뒤섞여 정리 중이라 뒤죽박죽이거든. 그런데 노래는 너무 깔끔하네. 그냥 노래만 들어보면 상당히 괜찮은 거 같아. 그런데 저 장면에 어울리려면 좀 투박했으면 좋겠어."

마크의 말이 끝나자 이번에는 윤후가 영상을 돌렸다. 그러고는 노래도 없이 영상을 가만히 쳐다보더니 미소를 지으며 고개를 끄덕였다. 마크의 말대로였다. 영화음악으로 쓸 줄은 몰랐기에 정성을 다해 연주했다. 하지만 원곡은 전혀 깔끔하지 않았다. 마크가 원하는 대로 투박한 연주였다.

"가능해요. 실은 지금 건 제가 연주한 거거든요."

"그래? 누구 노래야?"

"크리스티안. 제목은 'It's you'고요. 다만……."

윤후는 조심스럽게 파블로 부자의 얘기를 꺼내놓았다. 쉽지 않을 거라 생각하고 말을 꺼냈는데 역시 마크의 반응은 시큰둥했다. 윤후는 평소답지 않게 말을 늘어놓았다.

"정말 좋아요. 직접 들어보면 정말 마음에 드실 거예요. 저도 처음 듣자마자 빠져 버렸거든요. 혹시 어려운 건가요?"

"응? 아, 미안. 이 노래를 들으니까 갑자기 뮤지컬 영화 같은 걸 해도 재밌을 것 같단 생각이 들어서. 일단 콜린한테 말해야겠네. 그럼 콜린이 알아서 처리할 거야."

윤후의 걱정을 대수롭지 않게 여기는 마크이기에 약간은 걱정이 됐지만, 일단 파블로 부자에게 지금의 얘기를 전해주고 의사를 물어보는 것이 먼저였다. 윤후는 언제 확인을 할지 모르지만 최대한 빨리 기쁜 소식을 알려주고 싶은 마음에 곧장 파블로에게 메시지를 보냈다.

*   *   *

며칠 뒤.

크리스마스임에도 불구하고 스튜디오에서 음악 감독 아저씨의 노래를 듣고 있는 윤후였다. 추운 날씨임에도 거리엔 다른 때보다 많은 사람들로 북적거려 밖에 나가 식사하는 것도 꺼려졌다. 그리고 무엇보다 마크와 한 얘기를 콜린에게 했건만 그 뒤로 연락이 없어 걱정하는 중이다. 그때 마침, 콜린이 녹음실 문을 열고 들어왔다.

"해피 홀리데이! 하하!"

콜린이 윤후를 보며 미소 지었고, 윤후는 파블로 부자와 연락이 됐는지 궁금했다.

"어떻게 하기로 하셨어요?"

"하하, 일단 식사부터 하죠. 나가서 식사하자고 하면 또 싫다고 할 것 같아서 알아서 사왔어요. 괜찮죠?"

파블로 부자에 대한 말을 먼저 듣고 싶었지만, 콜린의 얼굴로 보아서는 좋은 소식을 전할 것만 같았다. 그리고 배가 고파 보이는 대식 때문에 식사를 해결할 참이기도 했다. 윤후는 대식을 이끌고 스튜디오 로비로 나갔다. 피자 정도를 생각하고 있었는데 익숙한 음식이 눈에 들어왔다. 콜린을 쳐다보자 콜린이 미소를 지으며 어서 앉으라고 손을 내밀었다.

"홀리데이 선물입니다! 하하!"

"워매, 이게 다 뭐여! 잡채랑 불고기까정!"

한식을 준비한 콜린 덕분에 윤후보다 대식이 더 신이 났다. 윤후는 대식을 보고 웃으며 자리에 앉아 식사를 시작했다. 윤후도 오랜만에 보는 한식이어서 그런지 즐거운 마음으로 식사를 했다. 하지만 콜린은 왜인지 계속 시간을 확인하고 있었다.

"바쁘신데 저 때문에 괜히 오신 거 아니에요?"

"아, 아닙니다. 하하! 그게 아니라 후 씨 선물을 준비했는데 도착할 시간이 됐는 데도 연락이 없네요."

"제 선물이요?"

"어떻게 보면 저에게도 선물일 수 있고 후 씨에게도 선물일 수 있죠. 하하!"

윤후는 콜린이 준비한 선물이 무엇일까 생각하며 식사를 했다. 식사를 마쳤음에도 불구하고 콜린은 여전히 시간을 확인하고 있었다. 그러던 중 스튜디오의 문이 열리며 예전에 본 콜린의 직원이 들어왔다.

"왜 이렇게 늦었어?"

"짐이 좀 많았습니다."

직원은 누군가가 스튜디오 밖에 있는지 들어오라고 손짓했다. 그러자 밖에 있던 사람이 스튜디오의 문 사이로 얼굴을 빠끔히 내밀었다.

"파블로!"

"후! 빅!"

그 뒤로 파블로의 아빠인 크리스티안까지 보였다. 윤후는 콜린을 물끄러미 쳐다봤다.

"하하! 후에게도 선물, 저한테도 선물. 하하하!"

윤후가 기분이 좋은 듯 미소를 지을 때, 윤후보다 빨리 대식이 일어서서 파블로를 안내했다.

"워뜨케, 밥은 먹은 겨? 여까정 어떻게 온 거여?"

"빅!"

영어 이름이 빅이 되어버린 대식이다. 그런 대식은 말도 안 통하면서 손짓, 발짓을 해가며 말을 했고, 파블로도 어느 정도 알아들었는지 신난 얼굴로 대답했다.

"우리 MFB 레코드랑 계약했어요! 아직은 아니지만 조금만 더 기다리면 마음껏 돌아다녀도 된대요."

"뭐라고 그러는 거여? 웃는 거 보면 잘 풀린 모양인디."

윤후도 내심 놀랐다. 며칠 동안 콜린이 안 보인다 싶었는데 일을 이렇게 빨리 처리할 줄은 생각도 못 했다. 윤후는 콜린을 쳐다봤다.

"감사합니다."

"하하, 감사는요. 직접 들어보니 예전에 후 씨가 처음 전화했을 때 그때 들어볼 걸 하고 후회가 될 정도였습니다. 회사에서도 전부 긍정적으로 보고 있고요. 그래도 아직 신분이 회복되려면 시간이 좀 필요합니다."

'It's you'에 대한 곡만 계약한 것이 아니라 크리스티안이라는 사람과 계약했다고 한다. 그렇기에 MFB 에이전시에서 관리하는 뮤지션이 되었고, 그 근거로 영주권자로 신분 조정을 신청했다는 얘기를 전해 들었다. 아직 이민법에 따라 면제를 받아야 하지만, 생활이 어려운 파블로 부자로서는 어렵지 않을 것이라는 말도 듣게 되었다.

"후 씨 때문에 계약한 게 아니라 크리스티안이 가지고 있는 곡이 상당히 좋더라고요. 가사도 마음에 들고. 영어 가사는 대부분 파블로가 썼다고 하더군요."

"네. 저도 들었어요."

"그래서 크리스티안은 일단 우리 회사 소속 가수로 데뷔할 것 같습니다. 파블로도 일단은 얘기를 해봐야겠지만, 듣기로는 음악 공부를 하고 싶다고 하더군요."

"아……."

잘되었다고 생각한 윤후는 미소를 짓고서 대식과 함께 웃고 있는 크리스티안과 파블로를 쳐다봤다.

두 부자에게 미소를 짓게 만들어줄 수 있어 다행이라 생각되었다.

파블로 부자가 아니었다면 자신이 콜린에게 연락할 일도 없었을 것이다. 그렇다면 아직도 휴스턴 어딘가에서 녹음실을 찾아 헤매고 있을지도 모른다.

물론 음악 감독 아저씨의 흔적도 발견하지 못했을 테고, 며칠 전 완성한 노래도 듣지 못했을 것이다.

파블로 부자의 음악이 마음에 들어 시작된 일이기는 하지만, 왠지 음악 감독 아저씨가 길을 안내해 준 건 아닐까 하는 생각이 들었다. 크리스마스 선물처럼.

'고마워요. 정말 아저씨처럼 잘해볼게요.'

윤후는 마음속으로 감사 인사를 하고 자신을 향해 어서 앉으라고 손짓하는 파블로를 보며 미소를 지었다.

＊　　　　　＊　　　　　＊

며칠 뒤.

콜린과 이민국을 방문한 뒤 체류 신분 변경 수속을 한 윤후는 다시 호텔로 돌아왔다.

미국에서 돈이 오가는 일을 해야 하기에 체류 변경을 해야 했다. 급히 신분 변경을 한 탓에 수속 비용이 천 달러, 대식까지 이천 달러를 콜린이 지불했다. 그럼에도 콜린은 전혀 문제가 되지 않는다며 웃어넘기고 돌아갔다.

"그 양반 참 통도 커."

"그러게요."

"너 잘 혔으니까 걱정 마시라고 아버님헌티 전화드려."

미국행이 예정보다 길어졌다. 두 달을 계획했고, 예정대로라면 며칠 남지 않은 일정이었는데 일을 마치면 최소 한 달을 더 머물러야 했다. 정훈을 떠올린 윤후는 미안한 마음으로 전화를 걸었다.

—어, 아들! 얘기 들었어. 영화음악 한다고 그랬다며? 하하하!

"그냥 몇 곡 참여하는 거예요."

—하하, 대표님 말 들어보니까 내년 2월 정도에 올 거 같다고 하던데.

"네, 그럴 거 같아요. 그래서… 아마도 엄마 기일에 못 갈 거 같아요."

가족이라고는 둘뿐이었기에 미안함이 더 컸다. 엄마의 기일 때만 되면 아닌 척을 했지만, 정훈의 얼굴에서는 쓸쓸함이 묻어나오고는 했다. 그 모습을 보며 커왔기에 상당히 미안한 마음이 들었다.

—괜찮아. 대신 알지? 아빠가 전화할 테니까 네가 노래 불

러야 해? 그건 할 수 있잖아. 하하!

1월 23일. 엄마가 있는 봉안당에서 매년 노래를 불렀다.

동요부터 엄마가 좋아하던 가요까지.

엄마에게도 미안하지만 아빠가 하는 얘기로 봐서는 혼자 갈 것이 분명했기에 뭐라고 대답하기 힘들었다. 그때 정훈의 포근한 말투가 들려왔다.

―괜찮아. 엄마도 충분히 이해할 거야. 한국 와서 보면 되지. 그걸 더 좋아할걸? 하하!

윤후는 정훈의 마음이 느껴져 미소를 지었고, 전화 너머 정훈은 윤후의 근황을 물었다. 자주 통화하면서도 매번 걱정이 앞선 정훈이다.

―밥은 잘 먹고 있지?

"네. 다들 잘 챙겨주세요."

―그래, 아빠 걱정하지 말고 다른 사람들한테 폐 끼치지 않게 열심히 해.

오랫동안 정훈의 걱정이 계속됐지만, 윤후는 싫지 않은 듯 가만히 듣고 있었다.

*　　　　　*　　　　　*

윤후는 영화음악 팀을 만나기 전에 'It's you'를 새로 녹음하기 위해 준비 중이었다. 이미 녹음을 해본 크리스티안은 걱정스러운 얼굴로 윤후가 준비를 마치길 기다렸다.

"기타부터 녹음할게요. 헤드폰 쓰면 메트로놈이 들릴 거예요."

크리스티안은 투박한 연주를 원한다는 말을 들었다. 원래 하던 대로 연주하면 되겠지만, 윤후가 프로듀싱을 보면 얼마나 오랫동안 시달려야 할까 걱정되었다. 겁부터 먹은 얼굴로 녹음 부스로 들어서서 윤후의 신호를 기다렸다. 그러고서 윤후의 알림에 맞춰 조심스럽게 연주를 시작했다.

"잠깐만요."

시작한 지 얼마 되지 않았건만 바로 멈춰 버리는 윤후였다. 그러고는 대식과 함께 소파에 앉아 있는 파블로에게 물었다.

"연습했어? 저번보다 훨씬 잘 치는데?"

"저번에 녹음한 거 들으면서 연습 많이 했어요. 많이 늘었죠?"

"흠……."

생각보다 좋은 연주 탓에 윤후는 고민이 되었다. 그냥 노래로만 듣기에는 칭찬해 마땅하지만, 지금 필요한 건 예전의 투박함이었다. 그 느낌을 크리스티안에게 요구해야 하는데 쉽게 입이 떨어지지 않았다. 한참을 고민하던 윤후는 들릴 듯 말 듯 파블로에게 말했다.

"흠, 대충 치라고 말해드려."

"네?"

"대충… 흠."

음악적으로 완벽을 추구하던 윤후로서는 대충 연주하라는 말이 쉽게 나오지 않았다.

"그러니까… 잘 칠 필요 없으니까… 처음 그때처럼 연주해 달라고 말해줘."

윤후는 상당히 힘들게 말을 뱉었고, 파블로는 고개를 갸우뚱거리고 그대로 크리스티안에게 전달했다. 그러자 크리스티안도 의아한 듯 고개를 갸웃거렸다. 그러고는 윤후의 말대로 편하게 연주를 시작했다.

"흠……."

트랙을 자르지도 않고 음이 쌓여가는 것을 지켜보는 윤후는 크리스티안의 연주가 끝남과 동시에 한숨을 내쉬었다. 그 때문인지 파블로가 조심스럽게 윤후를 쳐다봤다.

"다시 해요?"

"아니. 된 거 같아. 나오시라고 해. 마이크 세팅하고 보컬 녹음하게."

비록 끊어가긴 했지만 보컬 녹음 또한 상당히 빠르게 끝났다. 하지만 윤후의 표정이 그다지 좋아 보이지 않았기에 파블로는 조심스러웠다.

"다시 하라고 하면 다시 한대요. 다시 할까요?"

윤후는 파블로의 말에 고개를 돌렸다. 그러자 눈치를 보는 듯한 두 사람의 얼굴이 눈에 들어왔다.

자신의 행동 때문에 불편해하고 있었다. 윤후는 실수를 깨닫고 고개를 숙였다.

"미안해요. 이렇게 녹음을 해본 적이 처음이라 그래요. 미안해요."

윤후가 사과를 하자 파블로에게 전해 들은 크리스티안이 아니라며 손을 저었다. 역시 알아듣지는 못하지만 느낌으로 그러지 말라는 걸 알 수 있었다. 그리고 크리스티안이 소파에 놔둔 가방을 뒤적거리더니 상자 하나를 내밀었다.

"이게 뭐예요?"

그러자 파블로가 머리를 긁적이며 부끄러운 듯 입을 열었다.

"감사 선물이에요. 형 덕분에 아빠 음악을 영화에도 쓰고 가수로도 데뷔할 것 같고. 정말 감사합니다. 다만 좋은 건 아니에요. 나중에 정말 좋은 걸로 보답할게요."

윤후는 파블로가 조심스럽게 건네주는 상자를 받았다. 팬들에게 많은 선물을 받아봤지만 그때와는 다른 느낌이었다. 파블로 부자의 마음이 담긴 선물을 받아도 되는지 고민되었다.

"야, 뭐 혀? 선물을 주면 받는 게 예의여. 어여 열어봐."

윤후는 파블로를 보며 미소를 짓고 상자를 열었다. 그러자 상자 안에는 기타 스트랩이 들어 있었다.

"기타를 사주고 싶었는데… 나중에 사줄게요. 이번엔 기타 끈으로……."

윤후는 스트랩을 가만히 들어 올렸다. 기타를 만들기는 하지만 기타 끈마저 만드는 것은 아니었다. 그렇기에 파블로가 준비한 선물은 윤후의 마음에 꼭 들었다. 스트랩을 어깨에 걸쳐보고는 파블로를 향해 미소 지었다.

"정말 고마워. 잘 메고 다닐게."

*　　　　　*　　　　　*

스튜디오에서 멀지 않은 건물의 엘리베이터가 멈추고 윤후가 내렸다. 이번 마크의 영화음악 팀이 사용하는 장소였다. 크리스티안이 부른 'It's you'의 라이선스를 이미 계약했기에 엔딩곡에 대한 작곡은 할 필요가 없었다. 하지만 프로듀싱을 담당했고, 그 곡을 어떻게 사용하는지 봐야 했다.

"우리 에이전시에서 관리하는 스튜디오입니다. 보통 영화 팀을 위해 대여하고 있죠."

"아무도 없네요."

"네. 다들 지금 회의하고 있을 겁니다."

콜린을 따라 사무실로 들어가니 그다지 넓지 않은 로비와 작업실로 보이는 방들이 보였다. 마치 라온 엔터의 작업실과 휴게실을 섞어놓은 듯한 모습이었다. 대식도 비슷하게 느꼈는지 갸웃거리며 윤후를 쳐다봤다.

"여, 우리 회사랑 냄새가 비슷헌디? 여기도 노예 만들고 그런 거 아녀?"

대식의 걱정과 달리 방들은 상당히 시설이 좋았다. 기타나 피아노만 달랑 있는 라온의 작업실과 다르게 각 방마다 작곡할 수 있는 장비가 전부 갖춰져 있었다. 건반이 88개인 마스터 키보드와 페이더 등을 비롯해 미디 프로그램이 설치된 컴퓨터까지 작곡을 위한 장비가 모두 있었다.

방음 처리까지 완벽하게 되어 있는 방들을 구경하며 회의실처럼 보이는 공간에 도착하자 콜린이 웃으며 말했다.

"하하, 모두 다 이곳에서 작업하는 건 아닙니다. 팀원은 총 아홉 명입니다. 그리고 이틀마다 오후 세 시에 이곳에서 회의하고 일곱 시에 직접 마크와 의견을 조율하고 있죠. 그리고 제일 중요한 건 곡을 써서 공개하게 되면 첫 장소는 무조건 회의실이어야 합니다. 팀원 간에도 처음 공개는 무조건 회의 시간이니 이건 꼭 기억하셔야 합니다."

"왜요?"

"하하, 같은 팀이라 곡을 공동으로 작곡하는 것도 있지만, 개인으로 작업할 때도 있습니다. 차후에 생길 수 있는 일을 미리 방지하기 위해서죠. 그럴 일은 없을 테지만, 후 씨만 조심하시면 됩니다."

한국과는 조금 다른 분위기처럼 느껴졌다. 상당히 개인적이라고 느껴지면서도 합리적일 수도 있다 생각한 윤후는 콜린의 말에 수긍했다. 그러자 콜린이 미소를 지으며 회의실로 안내했다.

"다들 시나리오를 이미 봐서 어느 정도 작업을 시작하고 있을 겁니다. 그래서 저희가 윤후 씨에게 부탁한 건 엔딩 신이었고요."

콜린을 따라가니 로비 제일 안쪽에 커다란 방이 보였다. 잠시 콜린이 창밖에서 안을 들여다보고 문을 노크했다.

"일단 인사는 회의가 끝나고 하죠. 다들 정신없을 겁니다."

회의실로 들어간 콜린마저 인사를 하지 않고 조용히 구석 자리로 향했다. 윤후와 대식도 콜린 옆에 앉아 회의를 지켜봤다. 음악 팀이라고 해서 음악이 들릴 줄 알았는데 음악 대신 리모컨을 쥐고 있는 사람의 목소리만 들렸고, 회의를 하고 있는 사람들은 전부 노트북이나 태블릿 PC를 앞에 두고 있었다.

"그 부분은 저번 회의에서 피터가 얘기한 대로 하면 되겠군요. 어떻게 생각하세요?"

"오케스트라보다는 좀 더 간단하고 가볍게 시작하는 게 좋지 않을까요? 주인공이 행복해하는 장면인데 굳이 웅장할 필요가 있을까 싶네요."

"내 생각엔 오케스트라로 가는 게 좋을 것 같아. 뒤에 나올 불행을 강하게 암시해 주는 편이 좋지 않을까?"

주로 말하는 사람은 앞에 있는 세 사람이었다. 라온에서도 주로 말하는 건 김 대표였으니 미국도 한국이랑 별반 다르지 않다고 생각할 때, 콜린이 입을 열었다.

"지금 얘기하는 사람들이 작곡가죠. 벌써 마크의 영화에 세 번이나 참여하는 사람들입니다."

"아, 네."

"나머지 사람들은 편곡가, 오케스트레이터, 뮤직 매니저 등 다들 하는 일이 달라요."

콜린의 말을 들으니 신기했다. 참 많은 사람이 참여하고 있었다. 영화음악을 해본 적이 없기에 곡을 만드는 데 저 많은 사람들이 필요한가 생각했다.

그 뒤로도 상당히 지루한 시간이 계속되었다. 아무리 회의라고 해도 어떻게 음악을 말로만 설명하는지 이해가 되지 않았다. 옆에 앉아 있던 대식도 마찬가지인지 상당히 지루해하며 윤후에게 속삭였다.

"쟈들은 무슨 말로만 노래를 허고 있는 겨. 안 그랴?"

이번만큼은 대식의 말에 격하게 동감한다는 듯 고개를 재빨리 끄덕였다. 그리고 잠시 후 'It's you'에 대한 얘기가 나오기 시작했다.

"엔딩곡은 라이선스까지 다 해결된 거지?"

"네. 직접 다 했어요. 일단 스파팅 작업까지 해놨어요."

"그래, 엔딩곡부터 완성되기는 처음이네."

무슨 얘기를 하는지 몰랐지만, 크리스티안의 노래에 대한 얘기가 나오자 윤후는 자세를 고쳐 잡았다. 그리고 그때, 이곳에 와서 처음으로 노래를 듣게 되었다.

"한번 들어볼까?"

상당히 덩치가 큰 피터라는 흑인이 미리 준비를 해왔는지 리모컨을 쥐고 있는 사람에게 USB를 건넸다. 그리고는 곧장 재생시켰다. 윤후는 스파팅이란 게 영상에 맞게 곡을 배치하는 것이란 걸 추측할 수 있었다.

모두가 만족한지 고개를 끄덕거리고 있었는데 윤후는 화면과 함께 들리는 노래가 만족스럽지 못했다. 자신이 생각하고 있는 부분이 아니었다. 말을 하고 싶었지만 뭔가 실례가 되지는 않을까 하는 생각에 작게 한숨만 내뱉었다.

"흠."

한숨을 들은 콜린이 고개를 돌려 윤후를 쳐다봤다.

"왜 그러십니까? 어디 마음에 안 드는 부분이라도 있으신가요?"

"흠……."

"편하게 말씀하셔도 됩니다."

약간 고민되었지만 기왕 영화에 들어갈 거면 더 좋게 들어가는 편이 좋을 거라 생각하며 조용하게 말했다.

"제가 생각한 부분이랑 달라서요."

"저 스파팅한 부분 말씀하시는 거죠?"

"네. 1분 3초부터 죽 나와야 해요. 그리고 2분 14초까지가 하이라이트거든요. 그렇게 들어갈 줄 알았어요."

이미 편집본을 볼 때 두 번째 벌스부터 시작해 소년과 마주칠 때 들어갈 노래까지 맞춰놓은 상태였다. 다른 사람은 어떻게 들릴지 모르겠지만 자신이 느끼기에는 그 부분만큼 적당한 부분이 없었다. 그래서 콜린에게 설명했고, 콜린은 초 단위까지 말하는 윤후가 신기한 듯 쳐다봤다. 하지만 고개만 끄덕이고 사람들에게 말을 하진 않았다.

엔딩 부분에 대해 회의를 하고 있던 탓에 얼마 지나지 않아 회의가 끝났다. 그러자 콜린은 영화음악 팀원들을 불렀다.

"다들 잠깐 기다려 줄래요? 소개할 사람이 있습니다."

콜린은 윤후를 가리키더니 사람들에게 소개했다.

"한국에서 온 가수이자 엔딩곡의 프로듀서입니다."

"안녕하세요. 가수 후입니다."

한국에서처럼 가볍게 고개를 숙이며 인사를 건네자 다들 미소를 지으며 손을 흔들었다. 한 사람씩 자신들을 소개했지만, 윤후가 그 많은 사람들의 이름을 외울 리가 없었다. 다들 바빴기에 간단한 인사를 끝으로 밖으로 나갈 때, 콜린이 조심스럽게 뮤직 매니저인 피터를 불렀다.

"피터, 시간 좀 있어요?"

"네, 그럼요."

피터는 상당히 덩치가 있는 흑인인데, 험악한 인상과 달리 미소를 보이며 다가왔다. 인상과 어울리지 않는 미소가 상당히 이질적으로 느껴졌다. 윤후는 자신이 억지로 웃을 때와 비슷한 느낌을 받았다.

"피터, 미안한데 스파팅한 부분에 대해서 얘기 좀 할까 해요."

"그래요?"

"좀 전에 후 씨가 프로듀싱을 할 때 처음부터 생각한 것이 있다고 하는데 실례가 아니라면 의견을 좀 들어봐 줄래요?"

"오, 물론이죠. 프로듀서의 의견은 언제나 도움이 되니까요."

윤후는 내심 놀랐다. 기분 나빠하면 어쩔까 걱정했는데 피터는 오히려 적극적인 모습을 보였다. 그 모습에 윤후도 자연스럽게 의견을 꺼내놓았다.

"주인공이 거리를 걷는 뒷모습이 나올 때 1분 3초부터 죽 틀면 돼요."

"아까 2분 몇 초가 하이라이트라고 했죠?"

"2분 14초요."

콜린의 질문에 초까지 대답하는 윤후였다. 그 때문인지 피터는 험악한 얼굴에 미소를 지으며 말했다.

"이미 거기까지 생각해 뒀으면 한번 들어볼까요?"

피터는 곧바로 윤후가 말한 부분만 떼어다가 USB로 옮긴 뒤 회의할 때 본 큰 화면과 연결된 컴퓨터로 다가갔다. 그러고는 영상에 음악을 씌운 뒤 스파팅 된 장면을 재생시켰다.

이어 그는 팔짱을 끼고 테이블에 걸터앉아 화면을 쳐다봤다.

영상에서 주인공이 친구의 집에서 나오는 소년을 볼 때였다. 주인공의 얼굴이 클로즈업되는 순간에 맞춰 코러스가 끝나고 거친 연주가 들렸다.

It's You

콜린은 팔짱을 풀고 손가락으로 화면을 가리키며 물었다.

"저거 생각하면서 노래를 넣은 겁니까?"

"네. 맞아요. 뒤에 저 사람이 어떻게 표현해야 할지 모르고 있잖아요. 그래서 노래보다는 거친 연주가 좋을 거 같았어요. 그건 마크 씨의 말을 듣다 생각한 거고요."

"와, 좋다."

콜린이 고개를 돌려 윤후를 쳐다봤다.

"가수 맞아요? 매니저 아니에요? 나보다 잘하는데?"

그때, 대식이 윤후의 귀에 대고 속삭였다.

"매니저 찾는 거여? 뭐 어쩌라는 겨?"

"흠, 형 아니고 저보고 뮤직 매니저냐고 묻는 거예요."

"그게 뭐여?"

윤후는 귀찮은 듯 대식에게 대충 설명했고, 피터는 그런 윤후를 쳐다보며 대답을 기다렸다.

"한국에서 가수 맞아요. 지금 그 곡은 제가 처음부터 다 프로듀싱을 봐서 잘 보일 수밖에 없었고요."

"아, 그래도 굉장하네요. 소질 있는데요? 가수로 안 유명하면 이쪽에서 일해요. 하하!"

피터가 농담을 던지자 윤후도 피식 웃었다. 하지만 아까 회의 시간을 봐서 그런지 영화음악이란 게 상당히 재미없다고 생각 중이었다.

*   *   *

다음 날.

윤후에게 있어서 미국에서 가장 마음이 편안한 곳은 배성철의 스튜디오였다. 그래서 눈을 뜨자마자 대식과 함께 스튜디오로 온 윤후는 어제 사무실에서 본 모습을 떠올렸다.

'어떤 음악일까? 궁금한데……'

다른 영화들을 볼 때면 '나라면 이렇게 할 텐데'라는 생각을 하고는 했는데, 마크의 영화는 아예 비교할 대상이 없다 보니 더 궁금했다. 음악이 없어서인지 장면도 제대로 생각나지 않았다. 그렇다고 지금 편집본이 있는 것도 아니기에 더 답답했다. 윤후는 혹시나 하는 마음으로 콜린에게 전화를 걸었다.

—오, 후 씨. 아침부터 무슨 일이십니까?

"음, 죄송한데… 마크 씨 영화 편집본 좀 볼 수 있을까요?"

—아, 물론이죠. 오늘은 제가 직접 가지 못할 것 같습니다. 직원에게 보내도록 하죠.

편집본이 대단치 않은 건가 하는 생각이 들 정도로 콜린은 당연한 걸 묻느냐는 듯 대답했다. 한국에서 봤을 때는 시나리오가 유출된다며 염려하던 모습과는 정반대의 반응이었다. 그래서 의아했지만 콜린의 반응으로 봐서는 괜찮아 보였기에 윤후는 고개를 끄덕거리며 부탁했다.

"그럼 메일로 보내주시면……"

—아, 그건 안 됩니다. 유출 우려가 있어서요. 후 씨는 저희와 현재 계약이 된 상태라 요구하면 언제든지 볼 수 있지만 메일은 안 됩니다. 하하!

그러고 보니 처음 한 계약과는 다르지만 그래도 프로듀서로 계약이 된 상태였다. 자신이 팀이 아니라는 생각에 까맣게 잊고 있었다. 그래서 머쓱하게 통화를 끊은 윤후였다.

한 시간도 안 되어 콜린이 보낸 사람이 도착했다. 한데 대수롭지 않게 대답하던 콜린과 다르게 앤드류라는 사람에게서 상당히 오랫동안 설명을 들어야 했다.

"계약서에 명시되어 있듯이 유출 시 모든 책임은 계약자 본인이 책임을 지게 됩니다. 아시겠죠?"

"네."

그러고도 USB에 대한 설명이 또 한참 이어졌다. 비밀번호가 설정되었다는 것과 다른 장치에 파일을 옮길 시 처벌을 받을 수 있다며 겁을 주고 나서야 윤후의 손에 USB를 건네주었다. 영화도 보기 전에 상당한 피곤함을 느낀 윤후는 문득 최 팀장을 떠올리며 고개를 저었다.

스튜디오로 돌아온 윤후는 컴퓨터에 USB를 연결하고 영상을 재생시켰다. 그러더니 첫 장면이 나오자마자 영상을 멈췄다. 영상에 맞춰 연주하는 것도 아니고 가만히 멈춰진 화면을 쳐다보고 고개를 저었다.

"뭐 허는 거여?"

"어떤 식으로 노래가 들어가는 게 좋을지 생각했어요."

그러고는 옆에 있는 다른 컴퓨터에서 시퀀서 프로그램을 불러오고는 작업을 시작했다. 한참 동안 트랙을 쌓아가던 윤후는 완성됐는지 평소처럼 트랙을 가만히 쳐다보다가, 이상이 없는지 다시 재생시켰다. 자신이 듣기에는 생각보다 괜찮은 것 같았다. 하지만 예전 마크의 영화를 보고 나왔을 때 만든 노래를 듣고서 기겁하던 쌍둥이 형제가 떠올랐다.

마침 대식이 옆에 있었지만 대사를 알아듣지 못했다. 아쉽기는 해도 그나마 잘 되었다는 듯 대식을 쳐다봤다.

"형, 이거 한번 어떤지 들어보세요."

"뭐여? 좀 전에 들은 거 아녀? 뭘 또 들으라고 그려."

"아니요. 여기 화면이랑 같이 들어보세요."

대식이 화면을 보자 윤후는 화면에 맞춰 만들어놓은 노래를 재생시켰다. 짧은 곡이었기에 노래가 끝나자 영상을 멈추고 대식에게 물었다.

"어때요?"

"그냥 그런디?"

"아니요. 어떻게 들려요?"

"그냥 그렇다고 혀도 그러네. 이럴 땐 말이여, 뭔가 쿵짝짝

하면서… 그 뭐여, 트럼펫 같은 거 나오는 거여."

윤후는 대식의 말에 피식 웃었다. 역시 별로 도움이 안 된다고 생각할 때 대식이 말했다.

"뭐여? 내가 모를 거 같어? 내가 너 기다리면서 차에서 본 영화로만 영화제를 열어도 되는디?"

"지금 무슨 장면인지 아세요?"

"워매, 나 무시하는 겨? 집에 가는디 행복하겠지? 그런디 집에 갔더니 다 죽어 있는 겨. 그것도 모르고 저렇게 가는 기분을 표현하려고 허는 거 아녀? 좋은 거 같으면서 뭔가 불안하게. 아니여?"

윤후는 정확히 상황을 이해하는 대식의 말에 놀란 듯 혀를 내밀었다.

"어떻게 알았어요?"

"사람 사는 게 다 거기서 거기여."

대식은 자신을 보며 놀라는 윤후를 보고 어깨를 으쓱했다. 대충 화면만 보고 상상해서 한 말이었는데 정확했는지 놀라고 있는 윤후의 모습에 만족스러웠다.

"뭐 또 도와줘야 되는 겨?"

"네, 도와주세요."

자신에게 처음으로 도와달라는 윤후의 말에 대식은 신나하며 장면을 상상한 대로 뱉었다. 처음 한두 시간까지는 신이

나서 설명하던 대식이었지만, 끊임없이 묻는 윤후의 모습에
지쳐갔다.

"형, 여기는 어떻게 봤어요?"

"……."

영화를 제대로 보는 것도 아니고 30초가량 보고서 어떻게
봤느냐고 묻는 통에 영화는 반도 안 지났다. 대식은 한숨을
내쉬었지만, 언제 윤후에게 저런 눈빛을 받아보겠냐는 생각에
힘이 빠진 목소리로 대답했다. 하지만 설마 잠도 안 자고 계
속 저럴 줄은 생각도 못 했다.

"형, 주무세요? 대식이 형?"

＊　　　　　＊　　　　　＊

잠을 제대로 설친 대식을 차에서 자라고 하고 혼자서 음악
팀 사무실에 올라온 윤후는 밤새도록 만든 자신의 노래를 듣
고 있었다. 불과 10초 남짓한 곡부터 길게는 2분이 넘어가는
곡까지 어제 아침부터 밤새도록 만든 곡이 70여 곡이었다.

회의 시간이 다 되어가자 한두 명씩 회의실로 들어오며 윤
후에게 가볍게 인사를 하고 저번 회의와 마찬가지로 노트북
부터 열었다. 오늘도 또 노래 대신 말로 회의를 하는가 보다
하며 얼굴을 찡그렸다. 그리고 3시 정각이 되자 바로 회의가

시작되었다.

"일단 여기부터 보시죠. 시나리오하고 다르게 표현된 인물들의 테마곡을 다시 만들어야 합니다. '제시', '노만'의 테마곡이 거기에 포함되네요. '제시'는 아담이었고 '노만'은 제가 맡았죠. 등장부터 최소 네 번 정도는 들어갈 것 같습니다."

윤후는 회의를 주도하는 마이클의 말에 인상을 찡그렸다. 노래를 못 들어서가 아니라 자신의 생각이 부족했다. 장면마다 음악을 만들어봤는데 듣다 보니 그것이 아닌 것 같았다. 영화 전체에 나오는 인물을 한 곡으로 표현해 그것을 중요한 등장마다 반복해서 사용하는 것이었다. 하지만 그것을 모르고 있던 윤후는 각 장면마다 곡을 만들었다.

윤후는 인물에 대한 생각을 했다. 하지만 등장마다 나타내는 감정이 다른데 어떻게 한 곡으로 표현할 수 있는 것인지 도무지 이해가 되지 않았다. 그러다 보니 회의에 집중하지 못했다. 그러자 회의를 진행하던 마이클이 윤후를 쳐다봤다.

"후. 의견이 있나요?"

마이클의 말 때문인지 음악 팀의 시선이 윤후에게 쏠렸고, 윤후는 시선을 받으며 조심스럽게 물었다.

"다 같은 사람이라고 해도 어떨 때는 화가 나 있고 어떨 때는 차분한 장면인데… 그게 한 곡으로 되나요?"

윤후의 질문이 끝나자 비웃기라도 하듯 웃음소리가 들렸

다. 그러자 회의를 진행하던 마이클이 팀원들을 진정시키고 윤후에게 말했다.

"물론 다 표현할 수 없죠. 그래서 테마곡은 등장인물이 중요하게 나올 때 부각시키는 용도로 사용합니다. 오페라나 뮤지컬 보셨나요? 거기에서 중요한 등장인물이 나올 때마다 같은 곡이 나올 때도 있고 다른 곡이 나올 때도 있죠. 물론 아닌 곡들도 있겠지만 대부분 한 곡 안에서 변주된 곡들을 적재적소에 사용하는 거고요. 이걸 라이트 모티브 기법이라고 합니다. 아셨나요?"

프로들이 모인 자리에서 설명하기에는 너무 초보적인 내용이라 귀찮을 수도 있을 텐데 마이클은 매우 친절하게 설명했다. 그러고는 회의를 이어가려 했지만, 윤후가 고개를 끄덕이더니 멍한 얼굴로 손가락으로 테이블을 두드리는 모습이 눈에 들어왔다.

"후 씨?"

마이클의 설명을 들은 윤후는 머릿속에서 대식의 의견이 들어간 장면들의 노래를 하나로 합치던 중 자신을 부르는 소리에 깜짝 놀랐다.

"죄송합니다. 어제 만든 곡들을 합쳐보고 있었어요."

"음? 아직 후 씨에게 맡긴 장면이 없는 걸로 아는데요?"

"혼자 만들어봤어요."

윤후의 말이 끝나자 다시 팀원들이 피식 웃었다. 다들 영화음악에 대한 기초도 모르는 윤후가 무슨 음악을 만들었겠냐고 생각하는 게 얼굴에 보였다. 그중 저번 회의에서 스파팅한 것을 직접 본 피터가 궁금한 듯 물었다.

"노래를 만들었어요? 누구 노래? 후 씨가 엔딩 신도 맡았으니까 '도니' 테마곡?"

주인공의 테마곡을 만들었냐는 질문에 윤후는 고개를 가로저으며 말했다.

"그냥 전체적으로 만들어봤어요."

이번에는 웃는 소리가 들려왔다. 아홉 명 중 웃고 있지 않은 사람은 회의를 진행하는 마이클과 어제 얘기를 나눈 피터뿐이었다. 노래를 들어보지도 않고 비웃는 듯한 모습에 윤후는 기분이 썩 좋지 않았다. 그때 마이클이 팀원들을 둘러보고 입을 열었다.

"잠시 쉬었다가 하죠."

팀원들은 윤후를 쳐다보고 피식거리며 볼일을 보러 나갔고, 회의실에 남아 있던 피터와 마이클이 다가왔다.

"미안해요. 다들 너무 오랫동안 이 일을 한 만큼 자부심이 강해서 그럽니다."

"흠."

정작 기분 나쁘게 만든 사람들은 없고 자신의 말을 귀 기

울여 듣던 두 사람이 사과했다. 기분은 나쁘지만 두 사람에게
화가 난 것이 아니기에 윤후는 고개를 끄덕였다.

"어떤 곡인지 들어볼 수 있을까요?"

"네⋯ 아니요."

콜린이 말한 대로 회의실에서 들려줘도 상관없을 테지만
윤후는 잠시 생각하고서 입을 열었다.

"일단 합치고 들려 드릴게요. 작업실 좀 써도 돼요?"

"네, 뭐⋯⋯."

피터의 안내로 작업실로 간 윤후는 평소와 다르게 헤드셋
을 착용하고 들고 온 USB를 컴퓨터에 꽂았다.

∗　　　∗　　　∗

윤후가 자리를 비웠지만 다시 모인 사람들은 회의를 이어갔
고, 시간이 흘러 다시 휴식 시간을 가질 때 윤후가 있는 작업
실을 힐끔거리던 팀원들이 입을 열었다.

"딱 봐도 영화음악은 처음 하는 거 같은데, 그냥 시키는 것
만 하지. 안 그래?"

"맞아. 난 솔직히 엔딩곡도 좀 그래. 동양인 주제에 무슨.
난 저 동양인이 특히 마음에 안 드는 게 무슨 생각을 하는지
표정이 안 보여."

인종 비하 발언을 하는 모습에 피터가 고개를 저으며 혀를 찼다.

"너희들이 지금 저 친구를 잘 몰라서 하는 말이야. 저 친구 노래는 들어봤어? 한번 들어보고 얘기해. 그리고 줄리, 저 친구 앞에서 잘못 보이면 SNS에 폭탄 맞을걸."

피터는 저번 회의 이후로 윤후에 대해 알아봤다. SNS 팔로우 숫자가 이백만 명이 넘는 것을 보며 턱이 빠지게 놀랐다. 게다가 윤후의 노래를 찾아 듣고 나서도 상당히 놀랐다. 음악적 구성으로 무엇 하나 부족하지도 않고 과하지도 않았다. 말하고자 하는 바를 노래를 통해 정확히 느끼게끔 불렀다. 그 노래들을 듣고서 가수로 유명하지 않으면 같이 일하자고 한 자신의 말을 밤새 후회한 피터였다.

다시 회의실에 사람들이 모였고, 회의가 시작될 때였다. 작업실로 들어간 윤후가 무표정인 채로 USB를 들고 나왔다. 그러자 조금 전 윤후를 비웃던 줄리라는 사람이 피식 웃었다.

"봐, 하다 포기했지."

줄리의 말에 피터는 고개를 저으며 윤후를 쳐다봤다. 하지만 줄리의 말대로 노래를 만들기에는 부족한 시간이라는 생각이 들었다. 의자에 앉은 윤후의 옆으로 자리를 옮겨 말을 걸었다.

"괜찮아요. 아직 시간은 많으니까 천천히 해도 돼요. 그리고 마이클이 말하는 부분만 잘하면 되니까 너무 걱정 말아요."

"흠……?"

윤후는 험악한 얼굴로 미소를 지으며 말하는 피터를 물끄러미 쳐다본 뒤 고개를 갸웃거리며 입을 열었다.

"다 했는데요."

"뭘 다 해요? 곡을 다 만들었다고요?"

"네."

윤후는 대수롭지 않게 말했고, 피터는 윤후를 보며 피식 웃었다.

"괜찮아요. 다들 이해할 거예요. 같이 힘내자고요."

"다 만들었다니까요."

피터와 나눈 대화가 약간 컸는지 사람들의 시선이 쏠리며 웅성거렸다. 그러자 피터가 팀원들에게 사과하며 회의를 이어가자고 말했지만 웅성거림은 쉽게 수그러들지 않았다.

회의를 진행하던 마이클이 한숨을 내쉬며 말했다.

"당장 회의 진행은 힘들 것 같고, 후 씨가 만들었다는 곡을 한번 들어봐도 될까요?"

윤후는 고개를 끄덕거리고 USB를 마이클에게 넘겼다.

"영상에 덮지는 못했어요. 그건 할 줄 몰라서요."

"하하, 괜찮습니다. 그럼 직접 설명을 해주실 수 있을까요?"

"음, 설명보다 그냥 영상 나오면 거기에 맞춰서 노래 틀게요."

"그래요? 그게 더 어려울 텐데요."

괜찮다고 말한 윤후는 TV 옆에 있는 컴퓨터에 앉아 화면이 나오길 기다렸다. 그러자 마이클은 윤후를 물끄러미 쳐다본 뒤 편집본을 재생시켰다. 그리고 시작 부분인 주인공 '도니'의 모습이 나오기 시작하자 윤후가 노래를 재생시켰다.

"……."

윤후는 화면에 맞춰 노래를 트느라 사람들의 반응을 확인하지 못했다. 그리고 첫 장면이 넘어가 주인공이 집에 도착하는 장면으로 바뀌었고, 노래 또한 전혀 어색하지 않게 밝던 피아노 소리가 변주되며 긴장감을 주었다. 자신의 노래를 듣고 있는 윤후 본인도 피아노만으로 만들었기에 부족하기는 하지만 곡 자체는 상당히 만족스러웠다. '빈센트'를 만들면서 어색하지 않게 곡을 연결시킨 경험이 큰 도움이 되었다 생각하며 화면을 쳐다볼 때 마이클의 목소리가 들렸다.

"…자, 잠깐."

윤후는 화면을 정지시키고 마이클을 쳐다봤다.

"도니 테마곡… 인가요, 아니면 지금 상황에서만 쓸 곡인가요?"

"테마곡이요."

"흠, 그럼 일단 도니 테마곡만 먼저 들어볼 수 있을까요?"

윤후는 어차피 그럴 생각이었기에 고개를 끄덕거리고 곧장 합쳐놓은 테마곡을 재생시켰다. 그러자 마이클이 손을 들어 올렸다.

"음? 시작이 아까 처음 장면에 들어간 부분이 아니었나요?"

"네. 그건 변주된 부분부터 삽입했으니까요."

"네, 미안합니다. 계속 들려주시죠."

분명히 영화의 첫 장면에는 상당히 평화로운 음악이었건만, 지금 시작되는 음악은 굉장히 어둡고 음습하면서 음악만으로도 긴장감을 주고 있었다. 그 분위기가 상당히 긴 시간 동안 지속됨에도 불구하고 들으면 들을수록 더 긴장되는 통에 얼굴이 찌푸려질 정도였다.

잠시 뒤 변주를 위한 부분인 듯 급격하게 변했다. 하지만 전혀 부자연스럽지 않았다. 잠시 쉬라고 말하는 듯 차분한 분위기로 다소 밝게 들리기는 했지만, 앞부분에서 주던 긴장감 때문인지 뭔가 있을 것 같은 기분이 들었고, 잠시 뒤 그게 맞기라도 하다는 듯 다시 처음에 들린 어두운 음악으로 변해 버렸다.

노래를 듣던 마이클은 멍하니 윤후를 쳐다봤다. 전 세계 사람이 알고 있는 그 유명한 슈퍼맨의 주제가와 비교해도 형식만으로 놓고 보면 전혀 부족하지 않았다. 몇 날 며칠 동안 만들라고 시간을 줘도 가능할까 하는 생각이 들었다. 그런데 저 한국에서 온 표정 없는 얼굴의 가수가 잠깐 작업실에 들어갔다 오더니 이런 곡을 들고 나왔다. 그래서 노래가 끝났음에도 마이클은 윤후를 뚫어져라 쳐다보고 있었다.

"마이클! 마이클!"

"아, 어, 미안."

마이클은 그제야 정신을 차리고 팀원들을 쳐다봤다. 말하지 않아도 무슨 생각을 하고 있는지 얼굴에 드러나 있었고, 모두가 충격을 받은 듯 수군거리는 모습이다. 마이클은 자신도 모르게 피식 웃어버렸다. 그러고는 컴퓨터 모니터를 들여다보는 윤후를 쳐다보며 말했다.

"잠깐 자리에 앉아주시겠어요?"

"흠, 아직 한 곡밖에 안 들었는데요?"

"하하, 일단 얘기를 해야 할 것 같습니다."

윤후는 또 회의를 한다는 얘기에 얼굴을 찌푸렸다. 또 저번에 본 그 지겨운 시간을 보내야 한다는 생각으로 터벅터벅 걸어가 자리에 앉았다. 윤후가 앉는 모습을 확인한 마이클이 팀원을 둘러보고서 입을 열었다.

"다들 어떻게 들었나요?"

"완전 좋은데요? 특히 중간에 30초가량 밝은 느낌일 때가 굉장히 임팩트 있어요."

"맞아요. 앞부분도 분명히 좋긴 한데 그 부분이 너무 좋네요."

한 곡으로 시선이 완전히 바뀌었다. 회의 때까지만 하더라도 수군거리며 웃던 사람들이 윤후를 쳐다보며 엄지를 치켜세우고 있었다. 그럼에도 윤후는 회의가 지겨울 뿐이었다.

"그럼 세부적으로 후 씨의 설명을 들어볼까요?"

마이클의 말에 윤후는 시큰둥한 얼굴로 말했다.

"도입부부터 21초까지는 외로움, 그 뒤로는 자신을 이렇게 만든 원망과 복수심, 2분 19초부터 한 악절 변주되는 부분은 잘하고 있는지 고민하는 장면에 넣을 거고요, 그다음은 복수를 하고 난 뒤 평온과 시작 부분의 행복, 그리고 다시 돌아올 때는 진실을 대면한 혼란, 이렇게 생각하고 만든 거예요."

영화를 보면서 스스로 느낀 점도 있었지만, 대부분 대식이 느낀 점이 더 많이 들어가 있었다. 말을 뱉고 나니 마이클이 고개를 끄덕이며 중간에 앉아 있던 줄리에게 물었다.

"줄리, 애덤, 이 곡부터 편곡 가능하죠?"

"네, 뭐……."

윤후는 자신의 곡을 편곡한다는 소리를 아무렇지 않게 내뱉는 마이클의 말에 손을 들었다.

"제 곡을 왜 다른 사람이 편곡하죠?"

"네?"

"제가 만든 곡을 왜 다른 사람이 만지는 건가요? 그리고 편곡할 필요가 없어요."

또 자신의 음악이 정답이라는 윤후의 말이 나왔고, 마이클을 비롯해 팀원들은 상당히 당황한 얼굴로 쳐다봤다.

"오케스트라 편곡을… 해야 할 텐데요?"

"왜요?"

"음?"

마이클은 정말 몰라서 묻는 것인가 싶어서 윤후를 쳐나봤다. 곡을 만지는 것에 대해 민감한 것 같아 조심스럽게 설명했다.

"지금 음악이 주가 된다면 모를까, 영화에서 음악은 단지 배경일 뿐입니다. 실제로 영화 내내 음악이 나오는데도 관객은 음악보다는 장면만 기억하니까요. 그래서 멜로디는 그대로 쓰더라도 장면에 힘을 주기 위해서는 오케스트라의 연주만 한 것이 없고요."

"흠……."

"색이 변하는 게 아니라 다른 악기들로 좀 더 느낌을 강하게 부각시키는 것입니다."

"'It's you'는 아니잖아요."

"그건 대사가 없는 부분에 곡 전체가 삽입되는 경우죠. 아무런 액션도 없고 배우의 감정 표현을 음악이 있는 가사로 부각시키는 역할입니다."

윤후는 어느 정도 이해를 했지만 온전히 수긍한 것은 아니었다. 자신은 영화를 볼 때도 영상보다는 음악이 먼저 들렸기에 마이클의 말이 그다지 이해가 되지 않았다. 그런 윤후의 모습 때문인지 마이클도 곤란해하는 얼굴이었다. 윤후는 자신이 할 수 있는 최고의 양보를 했다.

"그럼 먼저 들어봐도 돼요? 들어보고 마음에 안 들면요?"

"그 부분은 원래 작곡가의 의도대로 해야 하는 것이 맞으니 걱정하실 필요 없죠. 그리고 오케스트라 편곡을 시작하면 두 사람이 이곳에서 작업을 시작할 테니 언제든 의견을 나눌 수 있죠."

"네, 알았어요."

윤후는 대답을 하고 오케스트라 편곡을 담당하는 두 사람을 쳐다봤다. 회의 때 유독 자신을 향해 크게 웃던 두 사람이었다.

Chapter 3
다들 혼자야

　아침부터 영화음악 팀의 작업실에 자리한 윤후는 의견을
내가며 작업하는 줄리와 애덤을 흥미롭게 쳐다보고 있었다.

　"처음에 레가토로 들어가다가 일부는 타악기 소리 위에 트
레몰로로 긴장감을 주는 게 좋겠지?"

　"아무래도 바이올린이 주가 되니까 그편이 좋을 거 같아."

　가요와 마찬가지로 시퀀서 프로그램에서 작업이 이루어지
고 있었다. 하지만 두 사람은 옆에 있는 윤후의 의견은 묻지
도 않았다. 가상 악기들을 하나하나 살펴보면서 악기 구성에
대한 얘기를 나눌 뿐이었다. 한참을 대화하던 두 사람은 아무

런 말없이 자신들의 얘기를 듣는 윤후를 쳐다봤다.

"어떻게 생각해요? 그렇게 하는 게 좋겠죠?"

클래식을 꽤 듣기는 했지만 클래식 용어가 아닌 대중음악의 용어로 배워온 윤후는 쉽게 알아듣지 못했다.

"레가토가 뭔데요?"

"풋."

두 사람은 비웃기라도 하듯 서로를 보며 웃었다.

"기타는 칠 줄 알죠? 기타에서는 아르페지오라고 하죠."

핑거링 주법의 일종인 아르페지오라고 하자 단숨에 이해가 됐다.

오히려 피아노보다 기타가 훨씬 편한 윤후는 오히려 잘되었다고 생각하고 비어 있는 옆 컴퓨터에 자리를 잡았고, 줄리와 애덤은 그런 윤후를 보며 콧방귀를 뀌고 오케스트라에서 주가 되는 현악기를 우선적으로 구성하기 시작했다.

이미 멜로디가 있어 바이올린으로 변환시키는 데 어려움은 없었지만, 연주법에 따라 느낌이 다르기에 세세한 작업을 하던 두 사람이다.

서로 의견만 나누느라 시작도 하지 못했을 때, 윤후가 앉은 컴퓨터에서 노래가 들려왔다.

피아노 소리가 아닌 어쿠스틱 기타로 연주하는 소리였다.

줄리와 애덤은 왜 쓸데없는 짓을 하는지 이해를 못 하겠다는 얼굴로 고개를 저었다. 그때 음이 연결되는 기타 소리 위에 다른 기타 소리가 들려왔다.

좀 전에 자신들이 한 얘기를 반영한 음으로 긴장감을 주는 기타 소리였다.

"…트레몰로?"

바이올린을 다운보우와 업보우로 빠르게 반복시키는 소리와 비슷한 소리가 윤후의 컴퓨터에서 들려왔다.

기타에서도 트레몰로 주법을 사용하는 곡이 종종 있었다.

그리고 그중 어렵다고 소문난 '최후의 트레몰로'까지 어렵지 않게 구사하는 윤후이기에 트레몰로를 집어넣는 것은 문제가 되지 않았다.

다만 윤후는 두 사람의 의견대로 해봤지만 노래가 그다지 마음에 들지 않았다.

"저기요."

"…네? 네!"

"여기에서 좀 무거워야 하는데 가볍게 느껴지는데요."

"아, 네……."

기타로 바꾼 것도 그렇지만 속도가 말도 안 됐다.

잠시 구성에 대해 논의했을 뿐인데 그 짧은 사이에 뚝딱 만들어 곡을 들려주고 있었다.

그렇다고 어설프게 들리는 것이 아니라 피아노 때보다 오히려 더 생동감 있게 들렸다. 윤후가 기타를 더 잘 다루는 걸 모르는 줄리와 애덤은 윤후를 보며 침을 꿀꺽 삼켰다.

윤후는 자신의 곡이 마음에 들지 않는 듯 다시 모니터에 얼굴을 고정하고 손이 보이지 않을 정도로 음을 찍고 있었다.

두 사람은 그 모습을 멍하니 구경한 뿐 편곡에 대한 생각을 하지 못했다.

아까보다는 꽤 오랜 시간 작업한 윤후가 고개를 돌렸다.

"저기요?"

"네!"

"이렇게 하는 게 좋을 거 같아요."

윤후는 곧장 노래를 재생시켰다.

좀 전에 트레몰로가 들어간 부분은 과감히 빼버렸고, 대신 베이스와 멜로디 위에 화음을 쌓는 다른 기타 소리가 들려왔다. 그리고 중간에 한 악절씩 치고 들어오는 피아노 소리가 곡을 상당히 어둡게 만들고 있었다.

"어때요? 이렇게 하는 게 좋겠죠?"

줄리와 애덤은 고개를 끄덕거리며 윤후의 컴퓨터 앞으로 다가갔다.

"흠?"

"아, 미안해요. 잠깐 트랙 좀 보여주실 수 있나요?"

상당히 공손해진 줄리였고, 자신의 곡을 편곡하기 위해 모인 사람들이기에 윤후는 거리낌 없이 트랙을 보여주었다.

그러자 줄리는 윤후의 옆에 자리하고 모니터에 얼굴을 파묻었다. 한참 동안 말없이 모니터를 보던 줄리가 떨리는 목소리로 애덤을 불렀다.

"애덤, 이것 좀 봐."

애덤도 윤후에게 허락을 구한 뒤 바로 모니터를 쳐다봤다. 그리고 하나씩 트랙을 살펴보던 애덤이 손가락으로 모니터를 짚어가며 입을 열었다.

"멜로디 라인이… 제1 바이올린… 따라붙으면서 화음 만드는 기타가 제2 바이올린… 베이스가 첼로, 그리고 피아노까지… 쿼텟이네?"

"그렇지? 내가 잘못 본 게 아니지?"

악기만 기타일 뿐이었다. 기타 대신 바이올린과 첼로가 들어갔다면 피아노 4중주곡을 눈 깜빡할 사이에 만든 것이다.

줄리와 애덤은 천천히 고개를 돌려 순식간에 쿼텟으로 만들어 버린 윤후를 쳐다봤다.

"뭐 하세요?"

"네?"

"오케스트라로 한다면서요. 기타로 해도 돼요?"

"아, 그래도 될 것 같은데……."

"흠, 일단 비교해 보게 지금까지의 부분만 바꿔주세요."

영화음악 팀의 팀원 중에서도 유난히 콧대가 높은 두 사람이 윤후의 말에 고개를 빠르게 끄덕였다. 그러고는 USB에 파일을 저장시키고 곧장 자리로 돌아갔다.

이미 완성된 곡에 악기만 변환하면 되는 일이었다.

다만 오케스트라의 구성에서 몇 가지의 현악기가 빠지긴 했지만 18대의 제1 바이올린, 17대의 제2 바이올린, 11대의 첼로, 그리고 피아노로 이뤄진 곡을 작업하느라 꽤 오래 걸렸다.

완성이 되자 줄리는 벌떡 일어서 윤후에게 다가가 숙제를 검사 맡는 아이처럼 윤후를 조심스럽게 쳐다봤다.

"저… 다 했어요. 들어보시겠어요?"

"네."

줄리가 작업하는 시간이 꽤 길었기에 지루하던 윤후는 곧장 대답했다. 커다란 모니터 스피커에서 자신의 곡이 들리기 시작했다.

"오……."

윤후는 내심 놀랐다. 비록 프로그램으로 만든 악기 소리지만 여러 대의 악기가 동시에 울리기 시작했다.

멜로디를 연주하는 바이올린과 그 멜로디에 약간 낮은 음으로 화음을 쌓아가며 좀 더 리듬 있게 들리게 하는 또 다른 바이올린 무리.

기타와는 또 다른 느낌을 주고 있었다.

클래식을 들을 때 느끼던 웅장함이 자신의 곡에서도 들려왔다.

"어떠세요?"

"괜찮네요."

윤후의 입에서 긍정적인 대답이 나오자 줄리와 애덤은 한숨을 내쉬었다. 그러고는 처음과 달리 윤후의 옆에 딱 붙어서 하나하나 의견을 묻기 시작했다.

*　　　　　*　　　　　*

다음 날.

회의에 모인 사람들은 신기한 광경을 구경하고 있었다.

콧대 높기로 소문난 줄리와 애덤이 윤후의 옆에 딱 붙어 의견을 구하고 있었다.

마이클이 도착하기 전까지 그 광경은 계속되었고, 마이클이 와서야 자리로 돌아갔다. 그러자 옆에서 지켜보던 피터가 윤후에게 물었다.

"무슨 일이지? 쟤네들 갑자기 왜 저러는 거예요?"

"흠."

한국에서도 종종 겪은 일이다. 윤후는 대수롭지 않게 여기며 회의가 시작되길 기다렸다. 그리고 마침 마이클이 회의를 시작하려 자리에서 일어설 때였다.

"마이클, 회의하기에 앞서서 먼저 도니의 테마곡부터 들어 보고 하면 안 될까요?"

"음? 저번 회의 때 나온 얘기 아닌가요? 설마 벌써 완성된 건 아닐 테고… 무슨 문제라도 있는 거가요?"

"완성됐어요!"

이틀 만에 완성되었다는 줄리의 말에 팀원들이 웅성거렸다. 줄리는 그런 팀원들을 보고 미소를 지으며 앞으로 나섰다. 마이클은 얼떨떨한 얼굴로 USB를 건네받았다.

"아무튼… 수고했어요."

"저랑 애덤은 한 게 없어요. 전부 저 후 씨가 다 했어요. 저희는 그저 악기를 배치하고 변환만 했어요. 그렇지, 애덤?"

"맞아요. 그것도 불과 어제 하루 만에……."

두 사람의 극찬 때문인지 팀원들은 어떻게 만들었을지 매우 궁금했다.

마이클 역시 마찬가지인지 곧장 테마곡을 재생시켰다. 오케스트라치고는 총 길이가 4분 11초의 상당히 짧은 곡이었다.

곡의 길이 때문인지 이 정도라면 하루 만에 완성시킬 수도 있을 거라 생각하고 노래를 듣기 시작했다.

기존의 피아노 대신 오케스트라의 제1 바이올린이 시작을 알렸다. 상당히 파격적이었다. 타악기와 목관악기의 소리는 전혀 들리지 않았다. 교향곡이라면 1악장이라고 할 수 있는 부분까지 오직 현악기와 피아노로만 끌고 가고 있었다.

그렇다고 부족한 느낌이 드는 것은 아니었다. 그리고 잠시 뒤 조용하게 팀파니의 소리가 들리기 시작하며 어둡던 곡에 긴장감을 더했다.

"하……!"

마이클은 상당히 충격적이었다. 관현악이라고 하면 정해진 틀이 있다. 그 안에서 악기를 구성하고 지휘자에 따라 느낌을 달리 주는 것인데, 지금 들리는 노래는 전혀 틀에 얽매여 있지 않았다.

일부 클래식에 자부심을 가지고 있는 사람이 듣는다면 이건 오케스트라와 맞지 않는 곡이라고 말할 수도 있겠지만, 이건 어차피 영화음악이었다.

마이클은 오케스트라에 사용되는 악기를 전부 사용하지만, 자유롭게 악기를 배치한 과감성에 놀라고 있었다. 하이라이트는 불과 30초 정도 되는 부분이었다.

"…아타카?"

불안하던 노래를 교향악에서 악장이 넘어가거나 박자가 변할 때 중단하지 않는 것처럼 윤후의 곡도 매우 자연스럽게 넘어가고 있었다.

매우 상반된 느낌이건만 이질적이지도 않고 원래 이런 것처럼 넘어갔다. 그리고 그 부분은 피아노와 팀파니만으로 시작되고 플롯이 기분 좋은 발걸음을 걷는 듯 멜로디 위를 걷는 것처럼 들렸다.

음악만 듣고도 영화의 주인공이 집으로 향하는 중이라는 것이 상상되었다. 그리고 다시 곡이 변주될 때도 말할 것이 없었다. 그저 완벽한 곡처럼 느껴졌다.

음악이 끝나자 팀원들은 오케스트라라도 본 듯 자리에서 일어나 박수를 쳤다.

"아, 정말 대단하다. 이거 영화를 안 봐도 주인공이 어떤 사람인지 알 것 같아."

"잠깐만요. 아직 끝난 게 아니에요."

줄리가 팀원들을 진정시키고 TV를 켰다. 그러고는 미리 준비한 편집본의 영상을 재생시키며 씨익 웃었다.

화면은 편집을 해서 주인공의 등장 장면이 나오고, 장면에 맞춰 조금 전에 들은 곡이 배치되었다. 그리고 영상 때문인지 한 번 들은 곡임에도 불구하고 더 흥미롭게 들려왔다.

주인공 도니가 조직원들을 처치하기 위해 건물에 들어설 때, 곡의 앞부분이 아닌 밝은 부분이 나왔다.

그리고 주인공이 자신이 죽인 사람들을 쳐다볼 때 곡이 어둡게 변해가며 주인공의 감정을 돋보이게 만들었다.

팀원 중 곡의 배치를 맡은 피터가 허탈한 얼굴로 윤후를 보며 입을 열었다.

"이거 난 필요 없겠는데? 곡도 쓰니까 마이클도 필요 없을 거고. 혼자 다 하네요."

피터의 말에 다들 고개를 끄덕였다. 그저 마크의 적극 추천에 함께 일을 하게 됐다고 생각했는데 그저 그런 사람이 아니었다.

"자, 일단 마크 씨에게도 들려주고 의견을 들어봐야겠지만……."

다들 좋게 들은 것 같은 모습에 만족하던 윤후도 마이클의 말에 귀를 기울였다. 눈을 마주치자 마이클이 미소를 지으며 말했다.

"나로서도 이 정도 곡은 힘들 것 같네요. '도니' 테마곡은 더 이상 건드릴 필요가 없어 보입니다."

세 번이나 같은 팀으로 영화음악에 참여하고 있는 팀원들은 이렇게 빨리 곡이 완성된 것은 처음인 탓에 어색했는지 서로를 쳐다봤다. 그러고는 다들 수긍한다는 듯 고개를 끄덕였다.

"그럼 후 씨, 또 다른 테마곡이나 배경음악을 맡아주시겠습니까?"

마이클의 질문에 시선이 윤후에게 쏠렸다. 윤후는 무표정한 얼굴로 입을 열었다.

"아니요."

"네?"

"그냥 전 기타로 노래하는 게 제일 좋아요."

"네?"

일절 고민도 없이 거절하는 윤후의 모습에 다들 멍하니 윤후를 쳐다봤다.

*　　　　*　　　　*

2017년도의 마지막 날을 미국에서 맞이하고 있었지만, 윤후의 일과는 평소와 다르지 않았다. 콜린이 갈 데가 있다고 하기에 스튜디오에 와 있었다. 꽤 오랜 시간 기다렸지만 콜린이 오지 않자 대식이 툴툴거렸다.

"아니, 이 양반은 왜 기다리라고 해놓고 안 오는 겨?"

대식의 말이 끝나기 무섭게 콜린이 추운 날씨 탓인지 중무장을 한 채 녹음실로 들어섰다.

"오! 후! 빅! 미안해요. 연말이라 그런지 사람이 너무 많아서 늦었어요."

"네."

"자, 가시죠."

윤후와 대식도 옷을 주섬주섬 입고 콜린을 따라나섰다. 제이콥까지 스튜디오 문을 닫고 따라나섰고, 건물에서 내려와 보니 어두워진 거리에 사람들이 가득했다. 도로까지 상당히 많은 사람들이 어딘가를 향해 걷고 있었기에 차로 이동하는 것은 불가능해 보였다.

"가까우니까 가시죠."

콜린을 따라 인파를 헤치며 도착한 곳은 영화관이 있는 건물이었다. 움직이기도 힘들 정도지만 콜린과 함께 온 앤드류의 도움으로 겨우 건물로 들어서 엘리베이터를 타고 8층에 도착했다.

"여기가 어디에요?"

"하하, 저희 에이전시죠."

MFB의 본사는 처음 방문하는 것이기에 두리번거리며 걸음을 옮겼고, 콜린을 따라 들어가니 아직까지 회사에 남아 있는 직원들이 보였다. 직원뿐만이 아니라 직원들의 가족으로 보이는 사람들도 모여 있었다.

"여기가 최고의 자리니까요. 하하!"

윤후는 콜린의 소개로 직원들과 가볍게 인사를 하고 파티처럼 준비된 간단한 음식을 먹었다. 그리고 잠시 뒤 콜린이 말한 것이 무엇인지 알 수 있었다. 타임스퀘어에서 2017년의 마지막 날을 기념하는 공연이 시작되었다.

윤후는 한시도 눈을 떼지 못했다. 음원으로만 듣던 가수들이 나왔다. 야외인 탓에 완벽하진 않지만 실제로 보니 신기했다. 한참 동안 아무런 말도 없이 창밖을 볼 때, 콜린이 옆으로 다가왔다.

"하하, 만족하신 거 같아 다행이네요."

"아, 감사합니다."

콜린은 윤후의 감사 인사에 살짝 놀라며 미소를 짓고 말을 이었다.

"실은 이 자리에 '빈센트'의 곡 주인을 부르려 했어요."

윤후는 콜린의 말에 창밖을 보고 있던 고개를 돌렸다.

"그런데 그 친구가 지금 뉴욕에 없네요. 이맘때면 항상 휴스턴에 있는지라."

"휴스턴이요?"

콜린이 고개를 끄덕거리며 말했다.

"아마도 맞을 겁니다. 이 기간에는 항상 연락이 안 되었으니까요. 아마 내년 2월쯤에나 만나실 수 있을 겁니다."

"휴스턴에는 왜요?"

"거기에 빈센트가 묻혀 있거든요."

*　　　　*　　　　*

2018년이 된 지 3주가 지났음에도 윤후는 음악 팀의 사무실에 있었다. 한데 평소와 다르게 회의실에 있던 커다란 테이블 대신 의자들이 놓여 있었다. 그리고 그 의자에는 음악 팀 전부를 비롯해 마크와 콜린까지 앉아 있었다.

"원래 그렇지만 우리가 최종 완성본을 제일 처음 봐요. 하하!"

윤후는 피터의 말에 고개를 끄덕였다. 개봉일이 3월에 잡혀 있기에 시간이 상당히 많이 남아 있었다. 한국에서는 개봉하는 날짜에 따라 영화음악을 제작하는 기간이 길 수도, 짧을 수도 있었지만 미국에서는 보통 최종 편집본을 받고 12주 정도의 시간을 주었다. 하지만 윤후의 작곡과 편곡 덕분에 말도 안 되는 시간 안에 끝나 버렸다. 한 달도 채 걸리지 않았다.

질리도록 영상을 본 윤후도 곡을 만들고 배치만 했을 뿐이지 효과음이 들어간 완성본은 보지 못했기에 내심 기대하며 화면을 쳐다봤다. 그리고 영화가 시작되자마자 윤후가 만든 도니의 밝은 테마곡이 나왔다. 도니가 집에 도착해 집 안을 보는 순간 곡이 넘어가면서 화면에 영화의 제목이 나왔다.

Waves of anger

이미 상당히 많이 봤음에도 적재적소에 들어가는 효과음 덕분인지 영화가 한층 더 살아 있는 것처럼 느껴졌다. 그리고 음악 팀이 함께 작업한 노래들은 말할 것도 없었다. 격투 신에서는 긴장감과 시원함을 주고 있었고, 주인공 도니가 가족을 생각할 때면 아련함을 주기도 했다. 그 때문인지 앞에 앉아 있는 사람들은 흥미진진하게 보고 있었다.

마지막 장면이 나오자 크리스티안의 'It's you'가 나오기 시작했고, 친구의 집에서 나오는 소년을 발견한 주인공의 얼굴이 잡히면서 노래가 끝났다.

영화를 보던 사람들이 짧게 탄식을 뱉었고, 영화가 끝나고 불이 켜지자 영화를 본 사람들이 박수를 치기 시작했다.

마크가 일어서서 음악 팀을 보며 엄지를 치켜세웠다.

"정말 좋네요."

마크의 말에 다들 미소를 지었고, 동시에 제일 뒤에 앉아 있는 윤후에게로 고개가 돌아갔다. 그러고는 하나같이 마크처럼 윤후를 향해 엄지를 내밀며 말했다.

"우리 이제 큰일이야. 후한테 익숙해져서 다음부터 어떻게 작업해."

"다음에도 같이하면 되지. 같이할 거죠? 하하!"

다들 웃고 있었고, 윤후는 여전히 무표정인 채로 입을 열었다.

"회사랑 얘기해 보고요."

"아, 맞다. 유명한 가수지? 하하! 그래도 내일 파티에는 올거지?"

"아니요. 내일 아침에 어디 가요."

다들 시큰둥한 윤후의 반응에 멋쩍어하자 윤후가 고개를 숙였다.

"미안해요. 그래도 언제든지 연락하세요. 회사로."

윤후가 농담을 한다고 생각한 팀원들은 크게 웃었고, 콜린도 웃으며 윤후에게 다가왔다.

"그럼 일주일 뒤에 뵙는 건가요?"

"네."

"저희가 준비를 해드리고 싶은데 이미 다 있다고 하시니까… 그래도 혹시 더 필요한 거나 무슨 일 있으면 바로 연락 주세요. 아직까지는 저희와 계약된 상태니까요."

"네. 그것보다 전화번호 좀 알려주세요."

콜린은 윤후가 누구의 전화번호를 묻는지 알기에 고개를 끄덕이며 윤후의 휴대폰에 직접 입력해 주었다.

"실은 오늘도 연락을 해봤는데 연락이 되지 않네요. 그래도 어차피 이곳에서 만날 수 있으니까 너무 걱정은 마세요."

"네."

*　　　　*　　　　*

한국에 있는 이주희는 라온에서 보내온 자료를 바탕으로 기사를 작성 중이었다. 한창 여론이 뜨거울 때 윤후가 미국으로 가버렸기에 대중들은 여전히 궁금해하고 있는 터라 라온에서도 다른 때보다 빨리 보도 자료를 보내왔다. 그리고 지금 자신의 손에는 보고도 믿기 힘든 얘기가 쓰여 있었다.

"정말⋯ 마크랑 같이 작업할 줄이야."

라온에서 보내온 자료는 인터뷰가 필요 없을 만큼 상당히 구체적이었다. 계약을 위해 직접 영화 관련 팀이 한국까지 찾아왔다는 것과 미국에서 생활하면서 음악 팀에 합류하게 된 이야기까지.

그리고 무엇보다 마크가 인터뷰 중 직접적으로 후에 대해 언급하고 있지는 않지만 영상과 음악의 조화를 강조했다는 점이다. 세계적으로 유명한 감독에 한국에서 뜨거운 후가 함께했다는 점만으로도 영화는 이미 흥행 가도를 달리는 듯 보였다.

신이 난 이주희는 다른 신문사보다 빠르게 기사를 올리기 위해 열심히 타자를 두드렸다.

"쉬엄쉬엄하라고. 큼큼."

윤후 덕분에 회사에서도 기대를 한 몸에 받게 된 것은 두말할 것도 없었다.

＊　　　　　＊　　　　　＊

다음 날.

아침에 출발한 탓에 생각보다 일찍 휴스턴에 도착한 윤후는 김 대표가 마련해 준 집에 도착했다. 다른 사람이 관리를 해줬는지 한 달 만에 돌아온 집이건만 상당히 깔끔했다.

"워매, 역시 호텔이 좋다고 혀도 집이 최고여. 아, 인자는 여기가 내 집 같어."

도착하자마자 소파에 눕는 대식을 보며 윤후는 피식 웃었다. 뉴욕에 있는 동안 호텔, 스튜디오, 사무실, 아니면 주차장에서 지냈다. 한국에 있을 때보다 더 답답했을 대식이다.

윤후도 소파에 앉아 곧바로 콜린이 입력시켜 준 번호를 찾았다. 바로 전화를 걸었지만 콜린이 말한 대로 신호음이 가지 않았다. 아쉽기는 했지만 휴스턴에 온 이유는 음악 감독 아저씨의 아내를 만나기 위해서만이 아니었다. 제임스와 딘도 찾아야 했고, 경비 할아버지의 부탁도 들어줘야 했다. 당장에라도 나가고 싶었지만, 대식이 피곤했는지 곧장 잠이 드는 바람에 윤후는 생각을 정리하기 시작했다.

'병원… 병원 말고는 어떻게 찾아야 하지?'

음악 감독 아저씨도 병원이고 백수 아저씨와 기타 할배도 한국의 병원이었다. 그렇기에 윤후는 병원에서 만났을 거란 생각이 들었지만, 병원에 가서 이런 사람이 있었냐고 묻는다고 해도 알려줄 리가 없었다. 한참을 생각하다가 문득 공통점이 떠올랐다.

생각지도 않던 인물들이 영혼들과 관계가 있다는 것을. 윤후는 종이를 가져와 아는 사람들을 적기 시작했다. 일단 김 대표와 최 팀장 그리고 대식은 제외였다. 주변 인물들을 적어가던 윤후는 제일 먼저 루아에게 전화를 걸었다.

"제임스? 딘?"

―…제임스 딘?

"아는 사람 중에 제임스하고 딘이란 사람 있어요?"

갑자기 전화해서 이상한 소리를 한 탓인지 루아는 대답이 없었다. 윤후는 죄송하다고 하고 바로 끊었다.

전화번호를 알고 있는 사람이 상당히 적은 탓에 금방 막혀 버리고 말았다. 그때, 윤후의 통화 소리 때문인지 대식이 일어나 앉았다.

"형, 나가요."

"뭐여? 오자마자 나가자고 허는 겨?"

"네."

대식과 함께 나와 처음 이동한 곳은 MD 앤더슨 병원이었다. 하지만 생각한 대로 알려줄 리가 없었다.

병원의 로비에 앉아 어떻게 해야 하나 생각에 빠졌다. 그때 윤후의 앞으로 중년 여성 한 명이 다가왔다.

"혹시… 가수 후 아닌가요?"

메모리얼 시티의 한인 타운에서 상당히 많이 알아보기에 윤후는 개의치 않고 일어서서 인사를 했다.

"안녕하세요. 가수 후입니다."

"아, 맞네! 반가워요."

윤후는 중년 여성을 가만히 쳐다봤다.

분홍색 조끼에 달린 배지를 보고서야 암 환자들을 위한 자원봉사를 하는 사람임을 알 수 있었다.

고개를 끄덕이며 악수를 할 때 대식이 말했다.

"저분헌티 물어봐야."

윤후는 두 눈을 반짝이며 자신을 보고 있는 중년 여성에게 물었다.

"혹시 여기서 얼마나 자원봉사 하셨어요?"

"어? 알아보셨네요? 전 올해가 딱 10년째예요. 2008년부터 시작했거든요."

상당히 오랫동안 봉사한 것은 대단했지만 1년이 부족했다. 윤후는 부족한 1년 때문인지 상당히 아쉬워했다.

"왜 그러시는데요?"

"아, 아니에요."

"노래 잘 듣고 있어요. 괜찮으시면 사진 좀 같이 찍어주실 수 있을까요?"

윤후는 고개를 끄덕이며 중년 여성과 사진을 찍고 다시 물었다.

"혹시… 이곳에서 제일 오래 계셨던 분 아시나요?"

"음, 제가 제일 오래 일했어요."

"아… 네. 감사합니다."

윤후는 상당히 아쉬운 얼굴로 발길을 돌렸다.

*　　　*　　　*

며칠 뒤.

매일매일 흔적을 찾아다녔지만 성과가 없는 윤후는 어째서인지 소파에 앉아 전화기를 쳐다보고 있었다. 표정으로는 알 수 없지만, 풍기는 분위기가 상당히 까라져 있었기에 대식은 주방에서 윤후를 지켜봤다.

"오늘은 안 나갈 겨?"

"네. 오늘은요."

"왜, 지친 겨? 아니면 무슨 일 있는 겨?"

"아니에요."

그때 휴대폰이 울리자 윤후는 그 어느 때보다 재빠르게 전화를 받았다.

"네, 아빠."

─기다렸지? 아빠가 먼저 와서 엄마하고 데이트 좀 했지.

하하!

일부러 장난을 치는 정훈의 목소리에 윤후는 가볍게 미소를 지었다. 이맘때면 자신 때문인지 평소보다 더 장난스럽게 말하던 정훈이다.

—아들이 어느새 다 커서 미국에서 음악도 하고 있다고 자랑했지. 하하!

"네. 죄송해요. 같이 못 가서."

—괜찮아. 자, 아들 준비됐지? 엄마 바꿔줄게. 노래 불러줘.

잠시 뒤 주변이 조용해졌다. 그러자 윤후는 미소를 짓고 전화 너머에 들리게끔 조용히 말했다.

"엄마, 미안해요. 내년에는 꼭 갈게요."

그러고 나서 윤후는 숨을 고르고 노래를 시작했다.

우리 아기 불고 노는 하모니카는 옥수수를 가지고서 만들었어요

엄마하고 부르던 동요를 부르고 자신이 만든 노래들까지 부르고 나서야 노래를 멈췄다. 그러자 정훈이 듣고 있었는지 다시 장난스러운 목소리가 들려왔다.

—아들, 엄마가 잘했대. 안 그래도 벌써 팬미팅 하던 영상도 보여줬고 아들 앨범도 엄마한테 선물로 줬지. 하하! 아, 아

빠가 사진 보내줄게.

그 뒤로도 한참을 얘기하고 나서야 전화를 끊었다. 잠시 뒤 정훈이 보내온 사진이 도착했다.

하얀 납골 함에 놓인 꽃과 가족사진, 그리고 그 옆에 자신의 '스마일'이 담긴 미니 앨범과 후아유가 부른 '어때?'의 미니 앨범까지 전부 놓여 있었다.

윤후는 사진을 한참 동안 바라보았다.

*   *   *

다음 날.

내일이면 다시 뉴욕으로 돌아가야 하기에 여유가 없던 윤후는 어쩔 수 없이 다음에 다시 오겠다고 다짐했다. 두 사람을 아직 찾지 못했지만 다른 볼일이 남아 있었다.

"어르신도… 참 안쓰러운 거 가터. 안 그려? 가족도 없고."

경비 할아버지의 부탁으로 글랜우드 묘지에 도착했지만, 어떻게 찾아야 할지 감이 오지 않았다. 사람도 없을 뿐더러 공원처럼 상당히 넓었다.

"워매, 여기서 어떻게 찾는다는 거여. 일단 사무실 같은 디가 있을 거 아녀. 거기서 물어보는 게 낫겄어."

대식의 말대로 주차를 하고 차에서 내려 포장된 좁은 길을 따라 걷다 보니 'Office'라는 팻말이 보였다. 들어간 사무실에서 상당히 까다로운 절차 때문에 어쩔 수 없이 경비 할아버지와 통화해 이름과 번호를 듣고서야 위치를 알 수 있었다.

안내받은 위치를 찾아가느라 다시 한참을 걷고 나서야 경비 할아버지 아들이 묻힌 묘지를 발견했다. 오면서 본 천사 모양의 조각상들이나 십자가 조각상들과는 달리 묘비 하나만 놓여 있었다.

윤후는 묘지에 서서 고개를 숙여 인사했다. 그러자 윤후를 지켜보던 대식도 손을 모으고 기도하기 시작했다. 추운 날씨임에도 햇살이 비추고 있어서인지 따뜻한 느낌이 들었다. 윤후는 그 햇살이 비추는 턱에 앉아서 휴대폰을 꺼내 들었다.

"이거… 음, 경비 할아버지… 음……."

"뭘 자꾸 음, 음 허는 겨. 이거 그쪽 아버님의 형님을 위해 이 사람이 만들었으니까 들어보셔유. 자, 틀어."

윤후가 뭘 하려는지 알고 있는 대식 덕분에 윤후는 조심스럽게 '스마일'을 재생시켰다. 턱에 앉아 있는 윤후는 노래를 들으며 생각에 잠겼다. 아들도 이곳에 혼자 있었고, 경비 할아버지는 경비 할아버지대로 한국에 가족도 없이 혼자였다. 두 사람 모두 외로울 거란 생각을 하고 있던 윤후는 순간 고개를 번쩍 들었다.

'경비 할아버지도… 혼자고… 제이 형도 혼자고… 아직 못

뵌 음악 감독 아저씨 부인분도 혼자… 네.'

남겨진 사람들이다. 그렇다면 남은 두 사람의 남겨진 누군가도 지금까지 찾던 사람들처럼 혼자일 거란 생각이 들었다. 그때, 누군가가 쳐다보는 느낌이 들었다. 고개를 드니 며칠 전 병원에서 마주친 중년 여성이 보였다.

"어머, 또 보네요. 어떻게 여기에 계세요?"

"아, 안녕하세요."

"우리 인연인가 본데요?"

윤후는 고개를 숙여 인사하고 중년 여성을 쳐다봤다. 그러자 중년 여성이 미소를 지으며 약간 떨어진 묘지를 손으로 가리키며 말했다.

"남편이 저기 있거든요."

"아, 네."

"참, 실례가 아니라면 이따 가실 때 남편한테 잠깐만이라도 인사 좀 해줄 수 있을까요? 남편이 살아 있을 때 후 씨처럼 음악 만드는 일을 했거든요. 엄청 좋아할 거 같은데."

윤후는 어제 노래를 불러준 엄마를 떠올리며 가볍게 미소를 짓고 고개를 끄덕였다. 그러자 중년 여성은 고맙다고 인사를 하고 약간 떨어진 묘지로 향했다.

"이제는 허다 허다 저세상에도 팬이 생기겠네."

"좋잖아요. 이 노래만 들려 드리고 가요."

윤후는 후아유의 '어때?'를 마저 들려주고 다시 고개를 숙여 인사했다.

그러고는 윤후와 대식은 터벅터벅 중년 여성이 있는 묘지를 향해 걸어갔다. 그런데 중년 여성이 휴대폰으로 노래를 틀어놓았는지 희미하게 노랫소리가 들려왔다.

매우 익숙한 노래였다. 뉴욕의 스튜디오에서 자신이 완성시키고 매일매일 듣던 노래였다.

하지만 지금 들리는 곡은 완성이 되지 않은, 처음 들었을 때의 '빈센트'였다.

윤후는 설마 하는 눈으로 중년 여성을 쳐다보며 천천히 걸어갔고, 자신을 발견하고 미소 짓는 여성을 보며 입을 열었다.

"혹시 성함이… 조은주 씨인가요?"

Chapter 4
은주와 빈센트

　윤후는 고개를 갸웃거리며 자신을 쳐다보는 중년 여성의 대답을 기다렸다. 중년 여성은 잠시 생각하는 듯하더니 미소를 지었다. 자원봉사 할 때 입는 조끼에는 항상 커다란 이름표를 붙이고 있었기에 그걸 보고 알아챘다고 생각했다.

　"네, 맞아요. 어제 보셨구나?"

　"아……."

　윤후는 은주의 대답에 곧바로 고개를 돌려 뒤에 있는 커다란 묘비를 바라봤다.

Vincent Bae. 1977. 5. 2 — 2012. 1. 24

콜린에게 이미 들은 사실이다. 하지만 음악 감독 아저씨가 있던 스튜디오에 머물렀고 남겨놓은 '빈센트'도 완성시켰기 때문인지 슬프다기보다는 반가움이 더 컸다.

윤후가 말없이 묘비를 쳐다보고 있자 은주가 윤후를 이상하게 쳐다봤다. 자신의 이름을 부르고 남편의 묘비를 보며 반가워하는 얼굴이다.

"저기요… 후 씨?"

"아, 죄송해요."

윤후는 자신을 부르는 소리에 다시 은주를 쳐다봤다. 그러고는 곧장 휴대폰을 꺼내 들고 은주에게 내밀었다.

"한번 들어보시겠어요?"

"이게 뭐죠?"

"한번 들어보세요. 근데 마음에 드실지는 모르겠어요."

은주는 의아해하는 표정으로 휴대폰을 받아 들고 플레이 버튼을 눌렀다.

그러자 조금 전까지 듣고 있던 노래가 들려왔다.

그래서인지 은주의 얼굴이 차갑게 변했다. 남편이 남기고 간 노래를 왜 한국에서 온 가수가 알고 있고 휴대폰에까지 저장해 놓은 것인지 생각했다. 그러고는 미소가 사라진 얼굴로 입을 열었다.

"이 곡이 왜 그쪽 휴대폰에 있는 거죠?"

"아, 콜린 씨가……."

"콜린이요?"

은주는 그제야 얼마 전 콜린을 만났을 때 윤후의 얘기를 꺼낸 콜린을 떠올렸다.

콜린과 연관되어 있다는 것은 알았지만 자신이 아는 콜린이 그럴 리가 없었다.

"콜린이 들려줬을 리가 없을 텐데요. 지금 상당히 무례하신 거 알죠? 휴대폰에서 지워주셨으면 하네요."

"아, 그게 아니라 한 번만 들어봐 주세요."

천천히 설명했어야 했건만, 음악 감독 아저씨가 남겨놓은 곡을 빨리 들려주고 싶은 마음에 제대로 된 설명도 없이 다짜고짜 한 번만 들어달라고 하여 오해를 산 듯했다.

윤후가 당황할 때, 옆에 있던 대식이 끼어들었다.

"저기 그 곡이유, 콜린 씨가 직접 부탁헌 겁니다. 사모님 남편분이 여기 후 스승님이라고 허는디 모르셔유?"

"…무슨 말도 안 되는 소리를! 당장 사라지지 않으면 경찰을 부르겠어요!"

윤후가 남편에게 음악을 배웠다면 거의 모든 시간을 붙어 있었을 것이기에 그 사실을 자신이 모를 리가 없었다.

"그 노래 말여유, 며칠 전 만난 병원에서 십 년 전에 들은 거래유. 이놈이 한 번 들으면 웬만하면 다 외우거든유. 혹시나 의심 가시믄 한국에 프로그램에 나온 것두 있는디… 그리고 정말 몰래 들은 거 아녀유. 콜린 씨가 직접 부탁헌 거구먼유. 맞쟈?"

윤후는 고개를 끄덕였고, 은주는 그런 윤후를 물끄러미 쳐다봤다.

남편이 남겨놓은 '빈센트'도 한참이 지난 후에야 콜린을 통해 전해 들었다. 혼자 남겨질 자신에게 선물을 주려고 몰래 만들었는데 완성하지 못해서 아쉬워했다는 말과 함께.

윤후는 화를 내다가 음악 감독 아저씨의 얘기에 당장에라도 눈물이 흐를 것 같은 은주를 쳐다봤다.

하지만 어떻게 말을 해야 할지 몰라 윤후는 한참 동안 은주를 바라보기만 했다. 그러고는 고개를 끄덕인 뒤 허리를 숙였다.

"죄송해요. 그래도 한 번만… 들어봐 주세요."

윤후는 대답이 없는 은주의 모습에 고개를 숙이고 한 걸음 물러섰다. 그러고는 은주에게 휴대폰을 건네고 대식을 잡아끌고서 빈센트의 묘지를 벗어났다.

한편, 혼자 남은 은주는 생각에 잠겼다. 믿을 수 없는 얘기라는 것을 알지만, 남편의 얘기가 나올 때면 자신도 모르게 기대하고 있는 스스로가 미웠다. 십 년이 지났는데도 잊히기는커녕 계절이 바뀌고 해가 바뀌어갈수록 보고 싶은 마음은 더 커져만 갔다.

그래서인지 성철의 얘기가 나올 때면 상당히 민감하다는 것을 스스로도 알고 있었다.

그렇게까지 몰아세우지 않아도 됐는데. 콜린이 들려줬다면 이유가 있었을 거란 생각이 들며 마음을 정리했고, 그제야 자신의 손에 휴대폰만 남겨두고 가버렸다는 것을 알았다.

은주는 스스로를 책망하듯 한숨을 내쉬고 윤후가 놓고 간 휴대폰을 쳐다봤다. 휴대폰을 풀자 윤후가 들어보라고 한 노래가 화면에 보였고, 제목도 그대로 '빈센트'라는 것을 확인했다.

한참을 쳐다보던 은주는 마음을 굳힌 듯 플레이 버튼을 눌렀다. 그러자 항상 듣던 노래가 흘러나왔고, 은주는 눈을 감았다.

익숙한 노래, 자신이 언제나 옆에 있다는 듯 남편처럼 장난스러우면서도 따뜻한, 그리고 자신의 마음을 편안하게 만들어주는 노래, 그 노래가 들려왔다.

노래를 듣던 중 은주는 의아함을 느끼고 눈을 떴다. 원래 '빈센트'는 2분이 조금 넘는 노래인데 그 시간이 넘어갔음에도 노래가 흘러나왔다. 그에 좀 더 귀를 기울였고, 익숙한 느낌이지만 처음 듣는 것임을 알았다. 분명 처음 듣는 것이지만 은주는 말을 할 수가 없었다.

그 따뜻한 느낌으로 들려오는 노래가 그동안 그리워하던 마음을 알아주기라도 하는 듯 자신을 보듬어주고 있었다.

고개를 돌리면 옆에서 자신을 보며 웃어줄 것만 같은 느낌에 은주는 고개를 숙인 채 휴대폰만 쳐다봤다. 이내 노래가 끝이 났다.

"성철 씨, 보고 싶어. 흐… 흑."

눈물이 볼을 타고 흐르기 시작하자 참고 있던 눈물이 한꺼번에 터져 나왔다.

*   *   *

주차장을 향해 걷던 윤후는 은주의 얼굴이 떠올라 미안한 마음이다. 차근차근 설명을 해야 했는데 은주의 마음이 충분히 이해가 됐다.

"야, 그런디 휴대폰을 주고 오면 어떡혀."

"아……."

"거기에 뭐 사진이나 음악, 문제 될 거 없는 겨?"

"네."

"여서 기댕기는 게 낫겠지? 여서 기댕기면 나오겠지. 일단 차에서 기다리고 있어. 근데 입구가 여 하나 맞는 거?"

윤후는 고개를 끄덕이며 다시 고개를 돌려 왔던 길을 쳐다봤다. 음악 감독 아저씨에게도 미안하고 아저씨의 아내에게도 미안한 마음이 들었다. 그래도 꼭 한 번만이라도 들어봐 주길 바라며 고개를 돌렸다.

차에 올라타려 할 때, 묘지 입구에서 급하게 뛰어나오는 은주가 보였다.

"…후! 후 씨!"

은주의 목소리를 들은 윤후는 잡고 있던 차 문을 다시 닫고 은주에게로 향했다. 그러자 은주가 숨을 고르고 윤후를 향해 고개를 숙였다.

"미안해요. 오해했어요."

윤후가 대답을 하려 할 때, 은주가 한 발짝 더 다가와 윤후를 안았다.

"그리고 너무 고마워요. 성철 씨를 다시 만나게 해줘서."

포옹에 당황한 윤후도 어느새 은주의 등에 살며시 손을 올렸다.

"정말 고마워요."

"…저도 감사합니다."

*   *   *

윤후는 휴스턴의 자신의 집과 그다지 멀지 않은 라이스빌리지에 위치한 은주의 집에 방문했다.

"김치찌개 좋아해요?"

"네."

은주는 처음 볼 때처럼 미소를 지으며 식사를 준비했다. 한국에서 맡던 따뜻한 밥 냄새와 매콤한 김치찌개 냄새가 코를 자극했다.

대식은 코를 벌렁거리고 있었고, 윤후는 탁자 위와 벽에 걸린 사진들을 쳐다보고 있었다.

콜린이 보여준 여럿이서 찍은 사진도 있었고, 병실로 보이는 곳에서 은주와 둘이 찍은 커다란 사진도 벽에 걸려 있었다. 하나같이 웃고 있는 모습에 윤후는 미소 지었다.

그중 벽에 걸린 커다란 음악 감독 아저씨의 사진을 유심히 들여다볼 때, 식사 준비를 마친 은주의 목소리가 들렸다.

"식사하세요!"

은주의 말에 대식은 기대하며 주방으로 향했고, 윤후도 사진을 내려놓고 대식을 따라갔다.

"맛있을지 모르겠어요."

"와, 맛있겠는디유? 맨날 고깃덩어리랑 빵 쪼가리만 먹었는디. 감사혀유."

"잘 먹겠습니다."

대식은 이미 정신이 없었고, 윤후는 식사를 하며 은주와 가볍게 대화를 나눴다.

"아까는 정말 미안했어요. 콜린이 얘기를 안 해줘서 몰랐어요."

"아니에요. 제가 직접 들려 드리고 싶어서 말하지 말아 달라고 부탁드렸어요."

윤후는 곡에 대해 설명하기 시작했다.

"아저씨가 장난스럽기도 하면서 따뜻한 사람이라서 그 느낌을 유지했어요. 연결부에서 자연스럽게 들어가는 부분은 벌스 부분만 약간 바꿨고요. 그리고 항상 장난처럼 말하면서도 그게 진심인 경우가 많아서 뒷부분에는 그걸 표현하려고 아예 화음을 빼버렸고요."

은주는 미소를 지으며 윤후의 말에 귀 기울였다.

"어떻게 그렇게 잘 알아요?"

"그게……."

매번 이런 얘기가 나올 때면 속이는 것만 같아 불편했다. 다른 사람이면 몰라도 경비 할아버지나 제이, 그리고 지금 앞에 있는 은주는 알아야 하지 않을까 생각할 때, 대식의 목소리가 들려왔다.

"TV 못 보셨다고 그러셨쥬? 얘 천재거든유. 음악적으로는 뭐든지 기가 맥혀유."

"아, 그래요? 꼭 찾아서 봐야겠네요."

윤후는 멋쩍어 수저만 들고 있었다.

"하긴 '빈센트'도 한 번 듣고 외웠다면서요. 저도 병원에 거의 붙어 있었는데… 전혀 몰랐어요."

"우연히 들었어요."

그 뒤로도 윤후는 은주와 얘기를 나눴다. 대부분 공통점인 콜린이 빠질 수 없었고, 그러다 보니 영화음악에 참여하게 되었다는 얘기까지 나왔다.

"마크 씨가 정말 아쉬워했는데 그래도 다행이네요. 몸도 안 좋은데 성철 씨가 하려고 하던 걸 내가 못 하게 했거든요. 마크 씨한테 이제 좀 덜 미안해해도 되겠네요."

"마크 씨가 좀 귀찮게 하는 편이라서."

"풉. 하긴 콜린도 많이 시달리는 것 같더라고요. 그래서 작업은 잘했어요?"

"아, 내일 뉴욕으로 돌아가서 예고편에 들어갈 음악만 스파팅하면 끝나요."

은주는 오랜만에 듣는 영화음악 얘기에 재밌는지 이것저것 물었고, 윤후도 친절하게 답변했다. 어느새 식사를 마치고 차까지 마시고 나자 은주는 아까보다 더 밝은 얼굴로 윤후에게 말했다.

"위에 올라가 볼래요?"

계단을 올라가 은주가 들어가는 방으로 따라 들어갔다. 그러자 방 안에는 자신의 방과는 비교하기도 힘들 정도로 장비가 가득했다. 심지어 녹음실에나 있을 법한 믹서가 붙어 있는 대형 콘솔까지 놓여 있었다.

"뉴욕의 스튜디오는 가보셨다고 했죠?"

"네……."

"여기 있는 것들도 원래는 뉴욕 스튜디오에 있던 것이에요. 오래되고 낡아서 장비를 바꾸면서 여기에 일부 모아둔 것이고요. 대부분 중요한 것들은 LA에 있어요. 이곳은… 겨울에만 오거든요."

"아……."

윤후는 방 안에 들어서서 손으로 직접 하나하나 쓰다듬어 보았다. 매일 청소를 하는지 먼지 한 톨도 없이 상당히 깨끗했다.

윤후는 건반 앞에 자리를 잡고 하나씩 눌러보았다.

상당히 오래된 아날로그 신시사이저를 살며시 눌렀지만, 방전이 됐는지 아무런 소리도 나지 않았다.

그럼에도 윤후는 들리기라도 하는 듯 한참을 두드리고 나서야 자리에서 일어섰다.

＊　　　　＊　　　　＊

　뉴욕으로 돌아온 윤후는 스튜디오로 찾아온 파블로 부자와 콜린에게 연신 감사의 인사를 듣고 있었다. 두 부자는 콜린이 생각보다 잘 대해주고 있어서인지 전보다 훨씬 좋아 보였다.

　"나 다음 주면 다시 한국으로 가."

　"진짜요?"

　윤후는 고개를 끄덕이며 파블로를 쳐다봤다. 아쉬워할 줄 알았건만 전혀 아쉬워하지 않고 오히려 두 눈을 반짝이는 모습이다. 그리고 그때, 파블로가 기대하는 얼굴로 윤후에게 물었다.

　"그럼 마몽드 루아도 만나요?"

　"같은 회사니까 볼 수도 있겠지."

　"아싸!"

　자신이 만나는데 신나 하는 파블로를 보며 윤후는 고개를 갸웃거리다가 알았다는 듯 피식 웃었다.

　"사인 보내줘?"

　윤후가 묻자 파블로가 환하게 웃으며 신이 난 목소리로 말했다.

　"우리도 한국 가요. 한국 가면 저도 루아 만나게 해줄 수 있어요?"

여전히 자신보다 루아가 먼저인 파블로였다.

"한국에 왜 가는 거야?"

그러자 콜린이 나서며 설명했다.

"영화 개봉에 맞춰서 한국에서 홍보차 활동할 예정입니다."

"아……."

"라디오 몇 곳하고 EBC에서 한 시간 공연을 중계하기로 했습니다."

윤후는 그저 고개를 끄덕일 뿐이었고, 콜린은 그런 윤후의 모습에 헛웃음을 지었다. 교육 방송의 작은 무대이기는 하지만, 한 번도 방송을 하지 못한 신인인 크리스티안의 방송을 잡기 위해 회사에서 상당히 신경 썼다. 그렇기에 회사 자랑을 하려고 꺼낸 말이었건만 전혀 신경 쓰는 모습이 아니었다.

"일정이 일주일 정도라서 자주 뵙지는 못할 것 같습니다."

"네."

"일정은 빡빡하진 않지만 그래도 연습을 해야 해서. 하하!"

전혀 아쉬워하는 기색이 없는 윤후였고, 그런 윤후를 파블로가 눈을 반짝이며 쳐다봤다.

"저희 아빠 연습 좀 봐주시면 안 돼요?"

이미 회사에서 크리스티안만의 팀이 따로 출발하기에 콜린은 파블로의 머리를 쓰다듬었다.

"후 씨도 한국에 가면 바쁠 거야. 우리가 잘 케어할 테니 걱정하지 않아도 돼."

"그래도……."

윤후는 그런 파블로를 가만히 내려다보고 전화기를 꺼내 들었다.

"대표님."

＊　　　　＊　　　　＊

(후, 마크 그레이스 감독 영화에 음악 감독으로 참여하다)

한국의 가수 후가 마크 그레이스의 신작 '너를 찾겠다'에 음악 감독으로 참여해 눈길을 끌고 있다. 할리우드에서 음악 감독이란 직급은 없지만 주인공의 메인 테마곡과 각 배경음악의 편곡을 맡았다고 알렸다.

…(중략)…

영화 '너를 찾겠다'는 할리우드보다 일주일 빠른 2월 16일 세계 최초로 한국에서 개봉할 예정이다. 할리우드보다 일주일이나 앞선 개봉 덕분에 국내 영화 팬들의 큰 기대를 받고 있다. 마크 그레이스 감독 및 주연배우 로건 크레이그가 방한 예정이다.

기사를 보고 있던 김 대표는 현지 인터뷰에서 후를 직접 언급한 마크 덕분에 기분이 좋은지 환하게 웃고 있었다. 한동안 잠잠하던 사무실도 그 덕분에 북적였다.

"네, 크로앙이시라고요? 팩스하고 메일 둘 다 보내신 건 확인했어요. 네. 확인한 뒤 연락드리겠습니다."

사무실에 전화가 끊이지 않았다. 의류 업체들의 협찬 제의부터 기사를 봤는지 한국의 영화 제작사에서 직접 연락을 취해왔다. 그뿐만이 아니라 마크와 함께 인터뷰를 제안하는 방송국까지 전화기를 내려놓을 틈이 없었다.

하지만 전부 쓸모없는 제안이었다. 정훈을 제외하고 윤후의 상황을 제일 정확히 알고 있는 사람이 자신이고, 윤후가 왜 마크의 영화에 참여했는지도 알고 있었다. 그렇기에 제안들이 아쉽기는 했지만 어쩔 수 없었다. 그저 기분만 즐길 뿐이었다. 그때, 윤후에게서 전화가 왔다.

"어, 무슨 일이야? 뉴욕 도착했어?"

─네. 작업도 다 했어요.

"수고했어. 그럼 쉬지 뭐 하러 전화했어?"

─대표님, 연습실 누가 쓰고 있어요?

윤후가 미국에 간 뒤 제이도 자신의 집에서 생활했기에 비어 있는 참이다.

"어, 가끔 쓰는 거 말고는 비어 있지. 왜?"

―음, 알겠어요.

"뭔데? 너 오자마자 할 거 있어?"

―아니에요. 나중에 다시 전화할게요.

뜬금없이 전화해 자기 말만 하고 곧바로 끊어버렸다.

김 대표는 끊긴 전화를 보며 고개를 갸웃거렸다.

*   *   *

14시간 동안 비행기를 타고 늦은 시간 한국에 도착한 윤후
는 입국 심사를 마치고 대식을 따라 걸었다.

"잠시 기둘려."

대식은 한 발 떨어져 윤후를 위아래로 훑고는 만족한 듯
고개를 끄덕였다. 옷매무새를 다시 정리하고 문을 나서자 듬
성듬성 커다란 카메라를 들고 있는 사람들이 보였다. 회사 말
고는 일정을 알 리가 없는데도 사진 찍는 사람들이 꽤 많이
보였다. 그때, 오랜만에 보는 익숙한 얼굴이 다가왔다.

"아들!"

아빠 정훈과 함께 김 대표, 최 팀장까지 나와 있었다.

"아버님, 일단 이동해서 얘기하시죠. 사람들 모이면 번거로
워질 수 있습니다."

최 팀장의 말에 정훈은 윤후의 짐을 뺏어 들고 서둘러 공

항 밖으로 나섰다. 사람들이 윤후를 알아봤지만 급하게 이동한 최 팀장 덕분인지 금방 공항을 빠져나왔고, 윤후는 사진을 찍고 있는 사람들에게 손을 흔들어 인사를 하고 차에 올라탔다.

"아들, 왜 이렇게 살이 빠졌어?"

윤후는 자신의 볼을 쓰다듬으며 모르겠다는 얼굴을 했고, 정훈은 오랜 기간 떨어져 있었음에도 그대로 돌아온 것 같은 윤후의 모습에 미소를 지었다. 김 대표도 부자 간의 시간을 방해하지 않으려는 듯 간간이 질문만 할 뿐 별다른 말이 없었다. 그러는 사이 오랜만에 보는 집에 도착했다.

"당분간 집에 있어. 회사 나오지 말고."

"흠, 내일 회사로 갈게요."

"너 오늘 한국에 온 거 알려져서 취재 요청 많이 올 텐데? 피곤할 텐데 집에 있어."

"할 얘기가 있어요."

김 대표는 윤후의 말이 궁금했지만 정훈을 쳐다보고는 웃으며 고개를 숙였다.

"그럼 내일 세 시쯤? 그때 맞춰서 차 보낼게. 아버님, 그럼 이만 가보겠습니다."

김 대표가 사라지자 정훈은 윤후를 데리고 서둘러 집으로 들어갔다. 그러고는 묻고 싶은 것이 산더미 같은지 짐도 풀지 않고 질문을 했고, 윤후도 미국에서 있었던 일을 자세히 얘기했다.

"그럼 제임스랑 딘도… 휴스턴에만 있지 않을 거란 말이네?"

"네. 그럴 수도 있을 거 같아요."

정훈은 걱정되는지 윤후를 물끄러미 쳐다봤다.

"그래서 찾아보려고?"

"그러고 싶은데 어떻게 해야 할지 모르겠어요."

"꼭 찾아야 해?"

윤후는 정훈의 눈을 쳐다봤다. 걱정스러움에 하는 말이라는 것을 알기에 윤후는 정훈을 안심시키려는 듯 억지 미소를 지으며 입을 열었다.

"이거 한번 들어보세요."

윤후는 휴대폰을 꺼내 들고 저장되어 있던 '빈센트'를 재생했다. 정훈은 들어본 적이 없었기에 윤후가 또 노래를 만들었나 싶어 가만히 듣고 있었고, 노래가 끝나자 윤후가 입을 열었다.

"기타 할배 만나고는 '스마일'을 만들었고요, 백수 아저씨 만나고서는 '어때?'를 만들었어요. 이 곡은 음악 감독 아저씨 만나고서 만들었어요."

"아, 그래?"

정훈도 이미 두 곡에 대해선 알고 있었다. 하지만 음악 감독을 만나서도 곡을 썼을 줄은 몰랐다. 더 걱정스러워진 정훈은 아무런 말도 못 하고 윤후를 처다볼 뿐이었다.

"제임스 아저씨하고 딘도 어떤 노래를 남겨놓았을지 몰라서요."

"그래. 그래도 아빠 생각에는 너무 무턱대고 찾으러 가는 건 위험한 것 같아. 지금 한국만 하더라도 사람들이 알아보잖아. 그리고 대표님 말 들어보니까 곧 해외에서도 유명해질 거라고 하던데……."

윤후도 정훈의 마음을 알았는지 고개를 끄덕거렸다. 그래도 남아 있는 두 사람이 남긴 것이 무엇인지 궁금했고, 그에 대해 생각할 때 문득 떠오른 게 있었다.

"아, 아빠, 저 병원에 좀 데려다 주세요!"

고개를 끄덕거리던 윤후가 갑자기 급한 얼굴로 병원에 간다는 말에 상당히 놀란 정훈이 벌떡 일어섰다.

"어디 아파? 갑자기 어디가 아픈데?"

"아, 그런 게 아니라요."

윤후는 예전 방송을 하면서 최면 치료를 받을 때를 떠올렸다. 백수 아저씨와 기타 할배의 침대 대신 놓인 마이크와 기타. 확신이 서진 않았지만 분명 음악 감독 아저씨의 자리에도 무언가가 있을 것만 같은 느낌이 들었다. 이미 정훈도 알고 있었기에 머리를 손가락으로 가리키며 입을 열었다.

"음악 감독 아저씨 자리에 뭐가 있는지 확인해 보고 싶어서요."

정훈은 윤후가 무슨 말을 하는지 알아차렸다. 다행이면서도 언제쯤 벗어날 수 있을까 하는 생각에 안타까웠다. 그들이 분명 윤후에게 도움이 된 건 사실이지만, 자신에게는 아들인 윤후가 우선이었다. 하지만 윤후에게 내색할 수 없는 정훈은 가볍게 미소를 지으며 윤후를 쳐다봤다.

"오윤후, 깜짝 놀랐네! 어디 아픈 줄 알았잖아!"

"죄송해요."

"휴, 확인하고 싶은 건 알겠는데 그래도 오랜만에 집에 왔으니까 오늘은 쉬어야지. 오랜만에 봤는데 살짝 섭섭해지려고 그런다?"

상당히 놀란 듯 가슴을 쓰다듬는 정훈의 모습에 윤후는 그제야 미안해하며 여행 가방을 뒤적거리기 시작했다. 그러고는 잘 포장된 선물 하나를 내밀었다.

"죄송해요. 그리고 이건 대식이 형이 선물을 사야 된다고 해서……."

가슴을 쓰다듬던 정훈은 생각도 못 했는데 윤후에게 선물을 받자 놀랐는지 혀를 내밀었다.

"선물도 샀어? 하하! 이거 뜯어봐도 돼?"

"네."

정훈이 활짝 웃으며 상자를 뜯자 울로 된 빨간색 목도리가 들어 있었다. 정훈은 곧바로 목도리를 두르고 거울로 향했다. 상당히 마음에 들어 하는 모습에 선물을 준 윤후도 기분이 좋아졌다. 정훈도 상당히 마음에 들어했으니 다른 사람들도 마음에 들어할 것 같아 안심하며 여행 가방을 쳐다봤다. 정훈에게 준 것과 똑같은 상자가 가방에 가득했다.

*   *   *

다음 날.

윤후는 대식이 아닌 동혁의 차로 회사에 도착했다. 양손에 든 쇼핑백에서 선물을 꺼내 동혁에게 건네고 회사로 들어섰다. 윤후가 제일 먼저 들를 곳은 정해져 있었다. 윤후가 작은 창을 통해 경비 할아버지가 안에 있는지 확인하자 마침 안에 있던 이진술이 경비실 문을 열었다.

"윤후 군, 아이고, 오랜만이네요."

"안녕하세요. 다녀왔습니다."

윤후는 이진술에게 인사를 하고 경비실로 들어섰다.

"커피 드릴까요?"

"네, 감사합니다."

이진술이 건넨 커피를 받아 들고 안부를 물었다. 별다른 내

용은 없었지만 이진술과 있는 것이 편안했는지 자리에서 일어
날 줄을 몰랐다. 그러던 중 이진술이 윤후에게 조심스럽게 입
을 열었다.

"혹시… 다녀오셨나요?"

"아……."

윤후는 고개를 끄덕이며 휴대폰을 꺼내 들어 사진을 찾아
건넸다. 이진술이 떨리는 손으로 휴대폰을 받아 화면에 보이
는 사진을 쳐다봤다. 여러 사진이 있었건만 한참 동안 말없이
같은 사진만 쳐다본 이진술은 이내 고개를 들고서 평소와 같
은 미소로 윤후에게 말했다.

"고마워요. 정말 고마워요. 아이고, 괜히 제가 번거롭게 해
드린 건 아닌지 모르겠네요."

"아니에요. 할아버지 덕분에 찾던 분도 만났는걸요."

"아, 그랬나요? 다행이네요."

언젠가는 말을 해야겠다고 생각했지만 당장 입이 떨어지지
않아 윤후는 대답 대신 미소로 답했다. 이진술 역시 고개를
끄덕이고는 더 이상 묻지 않았고, 시계를 확인하고 윤후에게
말했다.

"대표님 뵈러 오신 거 같은데 제가 시간을 뺏었네요. 대표
님 기다리시겠어요."

윤후도 그제야 시간을 확인하고 자리에서 일어서 꾸벅 인

사를 한 뒤 쇼핑백에서 선물을 꺼냈다.

"아이고, 뭐 이런 걸 다 사왔어요."

"좋은 건 아니에요."

윤후는 머쓱한지 선물을 건네고 경비실을 나섰다. 사무실로 향한 윤후는 창으로 보이는 사무실의 모습을 가만히 쳐다봤다. 처음과 다르게 많은 사람들이 분주하게 움직이고 있었다. 선물만 건네주고 나올 생각에 사무실 문을 열자, 김선영이 제일 먼저 윤후를 발견하고 큰 소리로 외쳤다.

"어, 윤후야! 야, 윤후 왔다!"

회사 직원들의 환영을 받은 윤후는 가볍게 고개를 숙여 인사했다. 그러고는 양손에 들고 있던 쇼핑백을 건넸다.

"뭐야? 선물이야? 정말?"

"후 님……."

선물을 꼭 끌어안고 금방이라도 울 것 같은 김진주는 물론이고 다른 직원들 전부가 놀란 듯했다. 윤후는 다들 좋아하는 모습에 만족하며 웃고 있는 최 팀장에게 물었다.

"대표님은 옥상에 계세요?"

"어. 그러실 거야. 올라가 봐. 선물 고맙다."

오랜만에 와서 그런지 계단조차도 상당히 반갑게 느껴졌다. 가벼운 걸음으로 옥상에 도착한 윤후는 옥탑 사무실 문을 열었다.

"어, 왔어?"

"네."

"뭐야? 오자마자 이게 뭔데? 선물이야?"

김 대표도 활짝 웃는 얼굴로 선물을 받았다. 윤후는 고개를 끄덕이고 플라스틱 의자에 앉았다.

"선물 주려고 온다는 거였어? 하하!"

선물을 만지작거리던 김 대표는 기분 좋은 얼굴로 윤후를 쳐다봤다.

"선물 주려 온 건 아닐 거고, 미국에서 있던 일도 다 얘기했고, 할 말이 뭐야?"

"흠."

"뭐야? 뭔데 왜 또 흠부터 나와?"

김 대표는 윤후의 모습을 긴장하며 쳐다봤다. 저렇게 말하고서 고집을 피우기 시작하면 자신으로서는 답이 없다는 것을 알기에 제발 큰일이 아니기만 빌 뿐이다.

"저, 대표님."

"어, 그래! 뭔데? 큰 건 아니지?"

"크리스티안 아시죠?"

"알지. 저번에 너 프로듀싱 할 때 우리가 계약했는데 모를리가. 그리고 최 팀장한테 듣기로는 앨범 만드는데 너랑 작업하고 싶다고 그러더만."

"흠?"

이미 알고 있는 듯한 김 대표의 모습이다. 김 대표는 할 말이 그거였냐는 듯 피식 웃으며 말했다.

"최 팀장한테 듣기로는 %로 계약해 준다고 그러더만. 한국이랑 많이 다르더라고. 앨범 판매당 3%? 3%면 엄청 좋은 조건이라던데. 최 팀장이 미국에서 앨범 잘 팔리면 벼락부자 되는 건 일도 아니라고 하더라."

"잘 팔릴지 아닐지는 몰라요."

김 대표는 고개를 끄덕거렸다. 보통 라온과 계약하면 일 년에 하나의 앨범 정도밖에 내질 않는데 이미 윤후는 미니 앨범 두 장과 음원까지 낸 상태였다. 게다가 영화음악까지 했기에 하고 싶다는 걸 막고 싶은 생각은 없었다.

"콜린 씨가 그러던데, 다음 주 마크 그 노인네 올 때 같이 올 거라고."

"네."

김 대표는 윤후의 반응에 피식 웃다 말고 갑자기 윤후에게 얼굴을 들이밀었다.

"맞다! 너 루아한테 프로듀싱 한다고 말하면 안 된다?"

윤후는 이유를 모르겠는지 김 대표를 빤히 쳐다봤다.

"너 루아 프로듀싱 봐주기로 한 거 기억 안 나?"

"아……."

"어휴, 걔가 너 한국에 오길 제일 기다렸을걸. 그런데 오자마자 지 앨범도 아니고 다른 사람 앨범 프로듀싱을 보겠다는데 좋아하겠냐?"

"흠."

루아에 대해서 까맣게 잊고 있던 윤후는 그저 파블로에게 루아를 만나게 해주려는 생각뿐이었다. 그렇다고 당장 다음 주에 한국에 오는 크리스티안보다 먼저 작업할 수는 없었다.

"제가 잘 말할게요."

"그러든가. 난 루아가 뭐라고 해도 모른다? 이미 말해줬다?"

"알았어요. 그럼 녹음실은 어떻게 해요?"

"강유랑 얘기해 봐야지."

윤후는 고개를 끄덕이며 할 말이 끝났는지 자리에서 일어섰다. 김 대표는 그 모습에 어이가 없는지 헛웃음을 지으며 허리를 숙여 책상 밑에서 무언가를 주섬주섬 꺼내 들었다.

"야, 잠깐 기다려. 사진 한 방 찍고 가."

"왜요?"

"너 왔다고 너 기다린 덥덥이들한테 올려줘야 할 거 아니야."

"아, 네."

"하트도 좀 하고."

언제 샀는지 일명 대포 카메라라고 불리는 두꺼운 렌즈를

장착한 카메라를 들어 올렸다. 많이 찍어봤는지 자연스럽게 사진을 찍고서 카메라를 내려놓았다. 윤후는 김 대표의 카메라가 궁금한지 빤히 쳐다봤다.

김 대표는 그런 윤후의 눈빛을 느끼고 씨익 웃었다. 이어 다시 책상 밑에서 꽤 커다란 상자를 꺼내 들었다.

"자, 이거."

"이게 뭔데요?"

"자식이, 너 작년에 미국 가서 아직 정산 못 했잖아. 생각보다 꽤 커. 그래서 이건 회사에서 주는 선물이고."

"흠?"

"야, 그냥 주는 거야. 의심은 많아가지고. 저작권 협회에서 분기금 들어올 때 맞춰서 정산해 줄게. 아마 계약 끝나기 바로 전쯤 될 거야."

윤후는 고개를 끄덕이고 커다란 상자를 열었다. 렌즈 케이스에 빈 곳이 없이 렌즈로 가득 채워져 있었고, 상당히 비싼 마운트 모델의 카메라까지 보였다. 대충 봐도 상당히 비싸 보이기에 윤후는 김 대표를 가만히 쳐다봤다. 카메라가 담긴 가방을 꼭 안고서.

"고맙지? 하하! 자식이."

김 대표는 가방을 들다 말고 윤후를 보며 말을 이었다.

"집으로 갈 거지? 오늘만 동혁이랑 가. 앞으로 쌍둥이 둘 다

너한테 배정될 거니까 그렇게 알고."

"왜요?"

"기사 못 봤어? 이제는 대식이 하나로 감당 안 될걸. 어휴! 오늘 집에 가면 쉬면서 기사나 봐. 하루 종일 봐도 다 못 볼 거니까."

윤후는 알겠다는 듯 카메라 가방을 어깨에 메고서 그 어느 때보다 진심을 다해 인사했다.

＊　　　　＊　　　　＊

병원에서 나온 윤후는 멍한 얼굴로 차에 올라탔다. 정훈은 물론이고 이제는 대식이 쳐다보고 있음에도 전혀 눈에 들어오지 않았다.

"아들?"

"아……."

"괜찮은 겨?"

윤후는 그제야 고개를 끄덕거렸다. 그러고는 다시 창밖을 보며 생각에 잠겼다.

생각하던 대로 영혼들이 머물던 방이 변했다.

이번에는 침대만 사라진 것이 아니었다. 하얗던 방이 뉴욕 음악 감독 아저씨의 스튜디오처럼 변해 있었다.

원목 느낌의 스튜디오를 옮겨 붙인 듯했고, 방 안에 있던 음악 감독 아저씨의 침대만 사라져 버렸다.

제임스와 딘의 침대는 원래의 위치 그대로 놓여 있었고, 기타와 마이크 역시 그대로 놓여 있었다.

단지 배경만 바뀌었을 뿐이다.

Chapter 5
라온의 선택

　침대가 사라지고 무언가 놓여 있을 것이라고 생각했지만, 배경이 바뀔 것이라고는 생각하지 못한 윤후는 생각에 잠겼다.

　여전히 백수 아저씨의 마이크와 기타 할배의 기타는 손에 잡히지 않았다.

　아저씨들을 만날 때마다 영혼의 방이 변해가는 것은 알겠지만, 왜 만질 수 없는 것인지 알 수가 없었다.

　게다가 제임스와 딘도 찾고 싶었고, 그들을 찾으면 방이 어떻게 변할지도 궁금했다.

그런 윤후의 모습 때문인지 정훈은 걱정스러운 얼굴이었다.

"아들, 집에 도착할 때까지 잠시 쉬는 게 좋을 거 같은데?"

그제야 윤후는 정훈을 쳐다보며 고개를 끄덕였다. 운전석에서 그 모습을 지켜보던 대식은 시동을 걸고 차를 출발시키려다 말고 고개를 돌렸다.

"너 말이여, 혹시 그 사모님헌티 물어는 본 겨?"

"누구요?"

"있잖여. 자원봉사 사모님 말이여."

"아, 아니요. '빈센트'도 모르셨는데……."

"그런가? 그래도 한번 물어는 보지 그려. 혹시 알 수도 있는 거 아니여?"

하긴 미국에 마크와 콜린 말고는 아는 사람이 없었다. 윤후도 답답했는지 대식의 말대로 은주에게 한번 물어보는 편이 좋겠다는 생각으로 휴대폰을 꺼내 들었다.

"거기 밤일 건디? 내일 맨정신에 전화혀."

김 대표와 통화를 자주 해서인지 시간을 얼추 계산한 대식의 말에 윤후는 아쉽지만 고개를 끄덕였다.

*　　　　　*　　　　　*

마크 그레이스의 방한 당일.

마크가 회사로 오는 것도 아닌데도 라온 사무실의 직원들은 바쁘게 움직이고 있었다.

김 대표는 어딜 갔는지 보이지 않았고, 최 팀장만이 사무실 가운데에 서서 지시를 내리고 있었다.

"투데이 김광호 기사, 윤후 기사 내리든지 정정해 달라고 하세요."

최 팀장은 일일이 지시하며 바쁘게 기사들을 확인했다.

당연히 마크 그레이스와 영화를 함께했으니 기사가 나는 것은 이해할 수 있었다.

하지만 조회 수를 높이려고 쓰지 않아도 될 자극적인 단어까지 집어넣는 기사들이 상당했다.

〈자폐증 가수 후가 참여한 '너를 찾겠다' 큰 기대감〉
〈인생 드라마, 자폐증에서 음악 감독까지 후를 파헤치다〉

정정을 하면 또 다른 곳에서 기사가 올라오는 통에 쉴 틈이 없었다. 하지만 모두가 바쁜 와중에도 윤후는 사무실 구석에 앉아 별일 아니라는 듯 자신의 기사를 읽고 있었다.

"뭐 헐라고 그런 걸 읽는 겨?"

"재밌어요."

"워디가? 뭐가 재밌는디?"

"말도 안 되는 기사도 있는데 정말 따라다니면서 쓴 기사 같은 것들도 있어요."

윤후는 정작 자신 때문에 사무실은 바쁜데 기사를 보며 감탄하고 있었다. 대식은 그런 윤후가 어이없는지 고개를 저었다.

"그런 거 보지 마야. 뭐 좋은 것도 없는디. 그나저나 사모님은 아직도 전화 안 받는 거?"

"네."

병원에 다녀온 다음 날부터 연락이 되지 않았다.

병원에서 자원봉사를 하기에 못 받는 건가 생각하며 기다렸지만, 지금까지 연락이 오고 있지 않았다.

윤후는 콜린에게 물어봤지만 콜린 역시 모르는 눈치였다.

"뭐, 연락 오겠지. 찬찬히 지둘려 봐."

그때, 인터폰이 울리면서 최 팀장이 윤후를 불렀다.

"오셨대. 나가보자."

윤후는 자리에서 일어서 사무실을 나섰다.

그리고 주차장으로 나가자 경비 할아버지가 검은색 밴을 안내하고 있었다. 그 뒤로도 차 한 대가 더 들어오고서야 차문이 열렸다.

"후! 빅!"

"빠블로 아니여? 어여 와! 고생 많았겠구먼!"

파블로와 크리스티안, 그리고 콜린의 일행이 함께 내렸다.

며칠 못 봤을 뿐인데도 대식은 파블로가 반가운지 활짝 웃으며 인사했다.

그리고 두 대의 차에서 내리는 인원이 생각보다 많은 탓에 라온의 직원들은 서둘러 휴게실에 자리를 마련하려 이동했고, 윤후는 콜린에게 다가가 인사를 건넸다.

"늦으셨네요."

"하하하, 미안합니다."

솔직한 윤후의 말에 콜린은 너털웃음을 지으며 사과하고 뒤에 있는 차를 가리켰다.

윤후가 콜린의 손을 따라 시선을 돌리자 차 문이 열리면서 많이 보던 중년 여성이 내렸다.

"윤후 씨!"

"…어? 안녕하세요?"

갑작스럽게 등장한 은주의 모습에 윤후는 반갑다는 듯 활짝 웃으며 은주에게로 다가갔다.

그런 윤후의 모습에 남아 있던 라온의 직원들이 놀란 듯 혀를 내밀었다. 경비 할아버지에게나 보이던 미소였는데, 처음 보는 중년 여성에게 그 미소를 보이고 있었다. 그럼에도 윤후는 여전히 미소를 지으며 은주와 대화를 나눴다.

"어서 이러믄 또 저 바깥에 있는 양반들헌티 사진 찍힌다.

올라가서 얘기 허자고 혀."

직원들은 서둘러 콜린의 일행을 안내했고, 윤후는 은주와 함께 건물 안으로 들어가다 말고 경비 할아버지를 쳐다보며 은주에게 말했다.

"여기 할아버지는 저한테 기타 알려주신 분의 동생분이에 요. 그리고 여기 아주머니……."

"아줌마라고 해도 괜찮아요. 뭐 어때요. 할머니가 아닌 걸 감사해야지."

"네. 여기 아주머니는 저한테 음악을 알려주신 분의 아내분 이고요."

윤후의 소개에 이진술도 활짝 웃으며 인사했다.

"아, 그러시군요. 우리 윤후 군의 노래를 들을 수 있도록 도와주신 분이 계셨군요. 반갑습니다."

"호호, 안녕하세요. 조은주라고 해요."

그 모습을 본 윤후도 미소 지었다. 당장 설명할 수는 없지 만, 꼭 소개해 주고 싶은 사람들이었다.

두 사람이 악수하는 모습에 뭔가 알 수 없는 뿌듯함 같은 것이 올라왔다. 인사를 시킨 뒤 계단을 오르던 윤후가 은주 를 보며 물었다.

"콜린 씨와 같이 오신 거예요?"

"그럼요. 한국에 가볼까 하던 참에 콜린이 같이 갈 거냐고 묻더군요."

"전화해도 안 받으셔서요."

"아, 전화를 할까 하다가 직접 얼굴 보여주려고 그랬지요. 오지 말고 전화를 할 걸 그랬나?"

"아니에요. 잘 오셨어요."

장난스럽게 말하는 은주의 친근함에 윤후 역시 미소를 지으며 휴게실로 들어섰다. 그러자 콜린의 일행 사이에 껴 있는 대식이 윤후에게 손짓하며 불렀다.

"어여 와. 콜린 씨는 바빠서 이제 곧 가야 된다고 허네."

콜린의 일행 중에 통역을 담당한 사람은 정신없이 콜린과 대식에게 통역을 해주고 있었고, 라온에서는 오직 최 팀장만이 자연스럽게 대화하고 있었다.

윤후가 은주와 함께 빈 의자에 앉자 콜린이 말했다.

"일정이 바빠서 오래 있을 수가 없네요."

"네."

"마크가 또 무슨 짓을 할지 몰라서. 하하!"

농담처럼 건넨 말에 진지한 얼굴로 고개를 끄덕이는 윤후의 모습에 콜린은 헛기침을 하고서 말을 이었다.

"흠흠, 일단 내일 캐쉬 레코즈에서 도착할 겁니다. 계약 조건은 그쪽에서 알려 드릴 테지만 전혀 바뀐 것은 없을 겁니다."

한참 동안 콜린은 일에 관한 얘기를 했다.

윤후는 이미 회사에서 말해줘서 그런지 귀에 잘 들어오지 않았다. 그런 윤후의 모습 때문인지 최 팀장이 윤후에게 주의를 주자 콜린이 웃으면서 말했다.

"하하, 일단 알아두셔야 하는 거니까요. 그런데 정말 이곳에서 크리스티안과 파블로가 함께 지내도 괜찮은 겁니까? 크리스티안도 그렇게 하겠다고는 했는데……."

"네. 그게 편해요."

"아무래도 호텔이 편할 텐데……."

"연습하려면 가까이 있어야죠."

순간 크리스티안은 무슨 얘기인지도 모르고 윤후의 기운 때문인지 움찔거렸다.

"흠, 두 사람도 괜찮다고 하니 뭐. 그래도 언제든지 무슨 문제가 생기면 이 친구가 붙어 있을 테니 이 친구에게 말씀하시면 됩니다."

"네."

콜린은 자신의 뒤에 있는 사람을 가리키며 말했고, 윤후도 알았다는 듯이 고개를 끄덕였다.

"더 얘기를 하고 싶은데 마크가 기다려서 가봐야겠습니다. 하하!"

콜린이 일어서자 일행이 줄줄이 일어섰다. 윤후의 옆에 있던 은주까지 일어서자 윤후는 내심 아쉬웠다.

"벌써 가시게요?"

"왜? 가지 말까요?"

은주는 윤후를 보며 미소를 지었다.

상당히 유명한 연예인에다 마크의 영화에도 참여했으면 실력도 상당할 텐데 지금의 모습은 어린아이처럼 느껴졌다. 윤후의 손을 꼭 잡고 말했다.

"또 올게요. 전화해도 되죠?"

"네, 그럼요. 언제든지 하세요."

윤후는 고개를 끄덕이며 은주와 콜린을 배웅하기 위해 따라나섰다.

그때 파블로와 얘기 중이던 대식이 급하게 다가와 윤후의 귀에 대고 뭐라고 속삭였고, 윤후는 알았다는 듯 고개를 끄덕이고 곧장 은주에게 조심스럽게 물었다.

"저… 아주머니."

"네? 왜요? 뭐 궁금한 거 있어요?"

"네. 혹시… 병원에 있을 당시에… 제임스라고 들어보셨어요?"

은주는 약간 놀란 눈으로 윤후를 쳐다봤다.

"제임스? 그 사람이 제임스던가? 무슨 제임스인 것 같았는데……"

"…아세요?"

"그 사람이 맞나? 말도 없고, 매일 사람 뚫어지게 쳐다보고, 깡말라서 항상 카메라 들고 다니는 사람은 아는데……."

자신이 아는 제임스가 맞는 듯했다. 이렇게 쉽게 찾을 수 있을 거라고 생각도 못 했기에 막상 은주의 입에서 제임스에 대한 얘기가 나오자 당황스러웠다.

"혹시 기억해요? 거실에 성철 씨랑 같이 찍은 사진."

은주의 집 거실 벽에 붙어 있던 사진이 떠올랐다.

상당히 큰 사진으로 음악 감독 아저씨의 모습이 담겨 있었기에 기억하고 있었다. 윤후가 고개를 끄덕이자 은주가 자랑스럽다는 듯이 사진에 대해 얘기했다.

"그거 그 사람이 찍어준 건데. 갑자기 언젠가부터 카메라만 들고 다니길래 성철 씨가 부탁해서 찍은 거예요. 굉장히 잘 나와서 집에 걸어둔 거거든요."

윤후는 침을 삼키고 입을 열었다.

"혹시… 연락처 알고 계세요?"

"아, 그건 잘 모르는데……."

한참을 생각하던 은주는 마침 생각이 났다는 듯 재빨리 윤후를 쳐다봤다.

"맞다! 무슨 유명한 가수랑 오랫동안 작업했다고 들었는데. 그 가수 프로듀서가 병원에도 찾아와서 성철 씨가 얘기도 했다고 그랬거든요."

"그래요? 그 사람이 누군지 아세요?"

"그건 모르겠네. 전해 들은 거라서. 중요한 거예요?"

"네."

윤후의 바람과 달리 은주도 더 이상 아는 것이 없었다.

사람의 욕심 때문인지 아예 모르고 있을 때보다 더 아쉽게 느껴졌다. 그때 콜린이 은주를 부르는 소리가 들렸다.

하지만 은주는 침울해져 있는 윤후의 모습을 가만히 쳐다보더니 손으로 입가를 올렸다.

"내가 좀 더 생각해 볼게요. 웃어요. 나처럼 이렇게."

"네."

"그래요. 윤후 씨는 웃을 때 보조개가 한쪽만 들어가네요."

은주는 윤후의 얼굴을 들여다보며 농담을 건넸다.

그러고는 차에 올라타면서도 생각해 보겠다고 검지로 머리를 두드렸다.

윤후는 머리를 끄덕였고, 콜린과 은주의 차가 사라진 뒤에야 뒤돌아섰다.

'십 년 전 유명했던 가수······.'

*   *   *

다음 날.

콜린이 말한 캐쉬 레코즈에서 계약을 위해 사람들이 직접 방문했다.

그들과 마주하고 있는 최 팀장은 의아한 얼굴이었다. 계약은 에이전시인 콜린을 통해서도 충분할 텐데 지금까지 이런 경우는 들어보지 못했다.

미리 보내온 계약서를 그대로 들고 와서 이러는 것이 이해가 되지 않았다. 윤후가 데려온 두 사람이 그 정도로 인정받고 있는 것인가 하는 생각이 들었다.

"잘 부탁드립니다."

윤후도 이미 들은 그대로 계약이 된 것을 확인하고 고개를 끄덕일 때, 캐쉬 레코즈 사람들이 서류 가방에서 다른 종이를 꺼내놓았다.

"이건 저희가 직접 찾아뵌 이유 중 하나입니다."

최 팀장이 종이를 받아 들고 한참 동안 읽어본 뒤 윤후에게 직접 읽어보라는 듯 내밀었다. 윤후 역시도 서류를 받아들고 읽어본 뒤 입을 열었다.

"스마일을 미국에서 유통하고 싶다는 거네요."

"네, 스마일만이 아니라 지금까지 발매한 곡을 앨범으로 묶어 미국에서 유통하고 싶습니다. 아시겠지만 이미 Y튜브나 SNS에서 상당히 많은 앨범 구매를 문의해 오고 있습니다. 게

다가 저희 캐쉬 레코즈에서 관리하는 라디오에서도 심심찮게 신청이 들어오고 있습니다."

윤후는 저 말이 사실이냐는 얼굴로 최 팀장을 쳐다봤다.

"맞아. 그렇지 않아도 제안이 오고 있긴 한데… 조금 갑작스럽네."

윤후가 미국에 있는 동안에도 심심찮게 음반사 및 레이블에서 앨범을 취급하고 싶다는 연락을 받아왔다.

상당히 좋은 기회이긴 했지만, 김 대표가 윤후와 계약이 얼마 남지 않았다는 것을 상기시키며 그 제안을 전부 거절했다.

그것에 대해서는 최 팀장도 할 말이 없었다. 회사에 비해 너무 커버린 윤후를 감당하기에는 라온이 너무 작았다.

그렇기에 윤후 앞에서 대답할 수 없는 최 팀장은 곤란해하는 얼굴이었다.

*　　　　　*　　　　　*

윤후는 크리스티안의 공연에 들어갈 곡을 살펴보느라 작업실에 있었다.

한 곡, 한 곡 연주를 하지도 않고 책을 읽듯이 들여다보고 있었고, 크리스티안은 마치 숙제 검사를 받듯 윤후의 반응을 살피고 있었다.

하지만 별다른 말은 없고 계속 곡을 살펴보기만 한 윤후 탓에 함께 있던 파블로까지 긴장하고 있었다. 그리고 그때, 작업실 문이 열렸다.

"잘하고 있어?"

윤후는 갑작스럽게 방문한 김 대표를 보며 대수롭지 않게 고개를 끄덕였고, 다시 악보를 보려다 말고 김 대표를 쳐다봤다. 한국에 온 뒤 통 볼 수 없던 김 대표가 오늘은 어딜 가려는지 말끔하게 차려입고 있었다.

"어디 가세요?"

"시사회 가야지. 하하! 파블로하고 크리스티안 씨도 준비하세요. MFB에서 곧 데리러 온다고 했습니다."

김 대표의 말이 끝나기 무섭게 파블로 부자는 윤후를 살폈고, 윤후가 고개를 끄덕이자 한숨을 쉬며 작업실에서 나섰다.

"살살 해라."

"아무것도 안 했어요."

김 대표는 실제로 윤후가 아무런 말도 하지 않았고, 그에 더 불편해했다는 것을 보지 않아도 알 수 있었다.

"배고프면 진주 회사에 남아 있으니까 말하고."

"네."

마치 자신이 영화배우라도 된 듯 깔끔하게 슈트를 차려입은 김 대표의 모습에 윤후는 피식 웃었다.

"야야, 나 영화 보러 가는 거 아니거든? 네가 잘 모르나 본데, 나 꽤 바쁜 사람이다."

"훗. 네."

"자식, 웃기는. 혼자 있기 심심하면 대식이 부르고. 대식이 놈이 미국 갔다 오더니 뻥이 늘었어. 개봉도 안 한 영화를 백 번도 넘게 봤단다. 하하!"

시사회에 가면 분명히 인터뷰가 몰릴 것이기에 아예 자리할 생각조차 없었다.

게다가 이미 질릴 정도로 본 영화이기에 그다지 내키지 않았다. 그런 이유임을 알 텐데 자신을 걱정하는 김 대표였다.

"걱정하지 마세요."

"그래. 하하! 알았다!"

그리고 그때, 김 대표의 전화기가 울렸다.

"어, 금방 가. 이제 나간다고!"

윤후는 전화를 하면서 자신에게 손을 흔들며 나가는 김 대표의 모습이 어째서인지 안쓰럽게 느껴졌다.

*   *   *

피곤함에 찌든 초췌한 얼굴이지만 옷만큼은 깔끔하게 차려입은 김 대표가 호텔 커피숍에서 누군가를 기다리고 있었다.

"형, 나보다 최 팀장님이나 윤후를 직접 데려오지. 아, 피곤해 죽겠다."

"야, 윤후 얘기를 하는데 어떻게 데리고 와. 말이 되는 소리를 해야지."

김 대표보다 훨씬 더 피곤에 찌들어 보이는 이종락이 툴툴거릴 때, 커피숍에 익숙한 사람이 등장했다.

김 대표가 자리에서 일어나며 반갑게 맞이했다.

"콜린, 오랜만입니다. 회사로 오셨다는 얘기는 들었습니다."

김 대표가 말하자 이종락이 곧장 눈치 있게 통역을 하고서 자리에 앉았다. 콜린이 함께 온 사람을 가리키며 입을 열었다.

"이 친구가 통역할 테니 편하게 말씀하셔도 됩니다."

서로 통역을 대동하다 보니 이종락은 콜린의 말만 김 대표에게 전해주면 되었다.

"조만간 또 뵐 텐데 여기까지 오신 이유가 있으십니까?"

"아, 하하! 혹시 윤후를 어떻게 생각하시는지······."

"후 씨요? 좋은 가수죠. 음악적 능력도 뛰어나고."

"그렇죠? 후······."

김 대표는 손을 쥐었다 폈다 반복하며 미리 준비한 서류를 테이블 위에 올려놓았다.

"이게 뭐죠?"

"한번 봐주시겠습니까?"

콜린은 서류를 들고 앞 장을 잠시 읽다 말고 김 대표를 쳐다봤다.

"이걸 왜 저에게 보여주시는지……."

콜린은 들고 있던 서류를 테이블에 내려놓았다. 그러자 김 대표가 목소리를 가다듬고 앞에 놓인 서류를 콜린이 보기 좋게 펼쳤다.

"이미 같이 일을 해보셨으니 알겠지만 천재… 아니, 그 이상이죠."

"네. 같이 일한 팀원들도 하나같이 그렇게 말했습니다."

"그것도 일부만 보신 것입니다. 일단 윤후가 미국에서 활동한다 해도 의사소통에 전혀 문제가 되지 않습니다. 게다가 이미 보셨듯이 작곡, 프로듀싱, 심지어는 엔지니어까지 가능합니다. 그리고 한 가지 장르에 얽매이지 않고 각 장르마다 최고의 곡을 뽑아냅니다."

김 대표는 서류를 펼쳐가며 윤후의 곡들과 활동 등을 세세하게 설명했다.

마치 최 팀장이 제이를 데리고 왔을 때의 모습 같았다. 콜린은 설명을 듣다 말고 김 대표의 말을 끊었다.

"잠시만. 이미 저희도 전에 조사해서 잘 알고 있습니다. 그래서 본론이 후 씨가 미국 활동을 하는 데 길을 열어달라는 말씀입니까?"

"아니요. 그런 게 아닙니다."

"그럼 이걸 왜 저한테 설명하고 계십니까?"

김 대표는 씁쓸한 듯 미소를 지으며 옆에 있는 이종락을 바라봤다. 이종락과 눈을 맞추며 고개를 가볍게 끄덕이고서 입을 열었다.

"콜린 씨가 저희 후를 맡아주셨으면 합니다."

"음……."

갑작스러운 제안에 콜린은 쉽게 대답하지 못했다. 김 대표의 저의를 알 수가 없었다.

"가수로 미국에서 성공하려면 저희 에이전시보다 오히려 매니지먼트나 대형 레이블, 레코드사와 계약하는 편이 좋습니다. 원하신다면 제가 직접 소개해 드리겠습니다."

"아니요. 알아본 바로는… 미국 매니지먼트도 한국과 별반 다르지 않다고 판단했습니다."

김 대표는 심호흡을 하고 말을 이었다.

"윤후에게는 방송 활동보다는 자유롭게 음악을 할 수 있는 편이 좋다고 생각했습니다. 많이 좋아지기는 했지만, 방송에 어울리는 녀석이 아닙니다. 그저 노래를 좋아하고 사람들한테 들려주고 싶어 하는 윤후에게 매니지먼트보다는 콜린 씨의 에이전시가 가장 좋다고 판단했습니다. 물론 윤후에게 아직 얘기는 하지 못했습니다만… 곧 얘기를 꺼낼 생각입니다.

그전에 콜린 씨를 뵙고 어떻게 생각하시는지 물어보고 싶었습니다."

콜린도 김 대표의 말을 들으며 윤후를 떠올렸다. 자신의 친구인 빈센트와 인연이 있기에 좋게 보고 있지만, 객관적으로 보면 상당히 관리하기 어려운 타입이었다.

그렇다고 해도 계약을 한다면 상당한 이익을 얻게 해줄 것이 틀림없었다.

미국법상 에이전시는 프로그램을 직접 제작하지 못하고 있기에 기획, 계약 대리인 및 중개로 수익을 내고 있었다.

김 대표가 말한 대로라면 음반을 기획하고 레코드사와의 계약을 통해서만 얻는 이익도 상당할 것이다.

물론 판매가 보장되어야 하지만, 윤후의 곡이라면 해볼 만하다는 생각이다. 하지만 이런 윤후를 왜 자신에게 맡기려 하는지 쉽게 이해가 되지 않았다.

"계약 기간이 얼마나 남으셨습니까?"

"두 달 조금 넘게 남았습니다."

"그런데 왜 직접 관리하지 않고 저희에게 부탁하시는지 도무지 알 수가 없네요."

이종락에게 전해 들은 김 대표는 허탈한 미소를 지었다. 그는 씁쓸한 얼굴로 입을 열었다.

"음반을 유통하고 싶다는 제의를 하루에도 수십 번씩 받고 있습니다. 그런데 저희 회사가… 아시겠지만 이리 치이고 저리 치이고 그런 상태입니다. 솔직히 욕심은 나지만 아무리 생각하고 회사 식구들과 의논해도 감당하기가 어렵겠더군요. 그래서 어렵게 내린 결정입니다."

"음…….."

콜린은 대답 없이 김 대표를 물끄러미 쳐다봤다.

* * *

다음 날.

영화가 개봉한 뒤 호텔 방의 거실에 있던 마크는 통역사를 통해 기사를 검색하고 있었다.

〈'범죄의 미학' VS '너를 찾겠다' 누가 웃을까?〉

설 연휴를 전후로 한국형 블록버스터 '범죄의 미학'과 할리우드의 '너를 찾겠다'가 동시에 흥행 돌풍을 예고하고 있다.

'범죄의 미학'은 기존 한국 영화와는 다르게 시리즈로 제작되어 눈길을 끌고 있다. 사회의 비인간성과 잠재된 폭력을 부각시켜 관객들로 하여금 주변을 되돌아볼 수 있도록 만들었다.

…(중략)…

할리우드 출신의 마크 그레이스 감독의 '너를 찾겠다'는 예상보다 저조한 예매율을 보이고 있다.

기사를 읽어주는 통역사의 말에 마크는 기분이 나쁠 만도 한데 전혀 그렇지 않았다.

"스크린 수부터 차이가 나니까 당연한 거야. 저쪽은 1,200, 우리는 900인데 예매율 차이가 날 수밖에. 근데 그 저조한 예매율이 2등이라며? 하하!"

오히려 함께 있던 벤을 위로하는 마크였고, 장난치듯 웃으며 말을 이었다.

"그러고 보니 예상보다 저조한 예매율 소개가 끝이야? 생각해 보니 열받는데? 하하!"

"콜린이 직접 나서고 있으니까 걱정하지 않아도 될 거야."

"뭘 걱정을 해. 영화 잘 나왔어. 충분히 내 영화에 만족하고 있어. 이미 SNS에서 영화 재밌다고 알아서 홍보들 해주잖아. 안 그래?"

한국에서 선개봉을 하는 장점 중의 하나였다. 시장만 놓고 보면 중국이나 일본이 더 크지만 중국은 불법 복제가 많고 심의가 까다로웠고, 한국 시장이 일본보다 반응이 확실히 빨랐다. 무엇보다 영화만 재미있다면 Y튜브나 각종 SNS를 통해 영화를 본 관객들이 알아서 홍보하고 있었다.

그 때문인지 마크가 자신 있다는 듯 어깨를 들어 올릴 때, 벨 소리가 들렸다. 벤이 일어나 문을 열자 기다리던 콜린이 들어섰다.

"뭐야? 왜 이렇게 늦었어?"

콜린은 말도 없이 USB를 마크에게 툭 던졌다.

"이게 뭔데?"

"한국에서 영화 소개하는 프로그램에 나가는 부분 미리 받았어. 화면은 우리가 보낸 그대로고 영화 설명만 덧붙였어. 한 번 봐."

"오, 그래? 저번에 그 사람?"

마크는 말이 끝나기 무섭게 노트북에 USB를 꽂았다. 그러고는 역시나 한국말을 못 알아듣기에 통역사를 통해 어떤 내용인지 듣기 시작했다.

"좋은데?"

"이미 경쟁 영화는 저번 주부터 나가고 있었대. 미안해. 우리가 조금 늦었어."

"뭐 어때. 괜찮다니까. 그나저나 내일 갈 거지?"

"아니. 앤드류하고 먼저 가. 난 볼일이 남아서."

대부분 일정에 맞춰 움직이는 콜린인데 일정을 바꿔가면서 남으려 하는 이유가 궁금했다. 그러고 보니 평소와 다르게 뭔가 고민이 있는 얼굴이었다.

"콜린, 내 영화에 무슨 일 있어?"

"아니, 없어. 나 갈 테니 쉬도록 해. 혹시 내일 못 보면 미국 가서 연락할게."

콜린은 마크의 방을 급하게 나섰다.

*   *   *

강유에게 인사차 오랜만에 라온 스튜디오에 온 윤후는 신기한 듯 둘러보고 있었다.

예전과 달리 상당히 많이 변해 있었다. 기존에 콘솔이 있던 부분을 최소화하고 강유가 누워 쉬던 소파까지 치워 버렸다.

그 공간에 조그만 녹음 부스가 추가되어 있었다. 스튜디오가 좁은 탓에 대식과 두식은 차에서 기다린다며 내려갔다.

윤후가 둘에게 알겠다고 대답하고 녹음실을 이리저리 살펴볼 때 강유가 웃으며 다가왔다.

"하하, 오랜만에 와서 인사도 안 하고 뭘 그렇게 두리번거려?"

"아, 많이 바뀌었네요."

윤후는 대충 대답하고는 여전히 녹음실 구경에 여념이 없었다. 그러자 강유가 못 말린다는 듯 웃으며 말했다.

"서밍 믹서도 바꿨어. 데인저러스 2BUS. 좋더라. 랙 이펙터 한번 봐봐."

"와, 기타 멀티 이펙터랑 같이 있네요."

윤후가 상당히 만족스러운 얼굴로 장비들을 살펴보자 반응이 재밌는 강유가 윤후의 등을 두드렸다.

"부스도 한번 들어가 봐. 피아노는 무리고 기타까지는 상당히 괜찮더라. 음향 전문가들 불러서 시공한 거야."

강유의 말이 끝나기 무섭게 윤후는 조그만 부스 안으로 향했다. 그러자 강유가 웃으며 파블로 부자에게 부스를 가리키며 따라 들어섰다.

"꽤 오래 공사했어. 사실 너 미국 가고부터 시작했는데 ALC 블록으로 공사가 완료됐거든. 그런데 막상 비싼 돈 들여서 했는데 차음 효과가 생각한 것보다 별로더라고. 그래서 재공사까지 하느라 오래 걸렸어."

윤후는 강유의 설명에 그저 고개만 끄덕거리고 한참 동안 부스를 살펴보더니 입을 열었다.

"연주해 봐도 돼요?"

"그럼. 직접 해봐. 네가 정확히 아니까 이상하면 말하고."

윤후는 내심 기다렸다는 듯 고개를 끄덕였다. 기타를 가지고 오지 않았기에 녹음실의 기타를 빌려 새로 만든 부스로 향했다.

딸랑.

"어?"

덩치 큰 외국인들이 들어오는 모습에 당황하는 강유와 달리 윤후는 외국인을 보며 고개를 숙여 인사를 건넸다.

"안녕하세요."

"하하, 후 씨. 놀라지 않았나요?"

콜린의 말에 가만히 생각해 보던 윤후는 그제야 놀랍다는 듯이 콜린을 쳐다봤다.

"여긴 어떻게 알고 오셨어요?"

"하하, 저희 크리스티안이 방송 마치고 후 씨에게 가려 했는데 대표님께서 이곳에 있다고 알려주시더군요."

"아, 그런데… 파블로는……."

"하하, 대식 씨랑 주차장에서 얘기 중입니다."

"아, 네."

상당히 좁아진 녹음실 탓에 콜린과 함께 온 외국인들은 다시 밖으로 나갔다. 콜린은 할 일이 있다는 듯 자신을 급하게 강유에게 소개시키는 윤후의 모습에 고개를 갸웃거렸다. 그러자 강유가 웃으면서 얘기했다.

"지금 새로 만든 녹음실에서 연주를 해보려고 하는데 오신 거거든요."

"아, 하하하, 제가 실례했군요. 그럼 연주하시죠. 좀 지켜봐도 되겠습니까?"

윤후는 전혀 상관하지 않았기에 대수롭지 않게 대답하고서 기타를 들고 부스로 들어갔다. 녹음할 것도 아니기에 픽업에 케이블도 연결하지 않았고 소리를 들어보려 했다. 윤후는 자리를 앉자마자 트레이드마크인 개방현을 죽 튕기고 소리를 감상하려는 듯 눈을 감았다.

"좋다, 형. 정말 좋아요. 진짜 신기해요. 이렇게 좁은데 넓은 공간같이 들려요."

"하하하, 그래?"

활짝 웃으며 말하는 윤후의 모습에 콜린이 놀란 듯 혀를 내밀었다. 그런 콜린의 모습에도 전혀 신경 쓰지 않은 윤후는 부스 안에서 강유에게 말했다.

"형, 케이블 연결해서 한번 연주해 볼게요. 믹서 만지지 말아주세요. 그대로 들어보게 녹음만 해주세요."

신이 난 듯 기타의 픽업 장치에 케이블을 연결한 윤후는 역시나 헤드셋도 착용하지 않고 무엇을 연주해 볼까 고민했다. 잠시 생각한 윤후는 미소를 짓고 기타를 튕기기 시작했다.

윤후의 연주에 강유는 처음 듣는 곡이었기에 기겁하며 연주를 멈추게 하고 콜린을 쳐다봤다.

"야, 신곡 연주하면 어떡해?"

―신곡 아닌데요?

"어? 난 처음 듣는데?"

─아, 이거 영화음악이에요. 제가 만든 곡. 영화 안 보셨어요?

"아, 하, 하하!"

강유는 머쓱해하며 콜린을 쳐다봤고, 콜린은 이해한다며 미소를 보였다. 이어 콜린은 부스 안에 있는 윤후에게 말해도 되겠냐는 듯이 손동작을 했다.

"혹시 지금 영화음악을 연주하실 거면 그 장면을 영상으로 촬영해도 되겠습니까?"

─왜요?

"하하, 영화 홍보용으로 쓰면 좋을 것 같아서 그럽니다."

─흠. 잠시만요.

콜린은 미소를 지으며 윤후를 지켜봤다. 그런데 부스 안의 윤후가 전화기를 꺼내 들었다.

─전데요. 콜린 씨가 영화 홍보용으로 저 연습하는 거 찍어도 되느냐고 그러는데요?

통화 내용만 대충 들어도 회사랑 전화하고 있다는 것을 알수 있었다. 그리고 윤후가 전화를 끊자 콜린이 크게 웃으며 말했다.

"미안해요. 회사랑 얘기를 했어야 하는데 마음이 급해서 그만."

─아니에요. 대표님이 해도 된다고 그러시네요.

"하하, 그럼 먼저 영상을 찍어놓고 다시 얘기하도록 하겠습니다."

윤후는 알았다는 듯 고개를 끄덕이며 연주를 시작했다. 주인공 '도니'의 테마곡의 오케스트라 버전이 아닌 기타 버전이었다. 윤후도 처음 만들 당시 건반으로 만들었기에 실제 기타로 연주하는 것을 누군가에 들려주는 것은 처음이었다.

새로 생긴 부스에서 연주해서인지 다른 때보다 신이 나서 연주한 윤후는 기분이 좋은지 부스 밖에 있는 사람들을 쳐다봤다.

"와……!"

"오케스트라 버전도 좋은데… 이것도 너무 좋은데요?"

말없이 감탄만 하는 강유와 파블로의 좋다는 말에 윤후는 가벼운 미소를 지었다. 그러고는 만족했다는 얼굴로 부스를 나섰다.

그런 윤후를 지켜보던 콜린은 영상 자체만으로는 충분히 만족스러웠다. 한국에서 인기가 있는 후의 영상만으로도 충분히 관객을 끌어모을 수 있을 걸로 생각되었다. 하지만 이런 일에도 회사에 먼저 물어보던 윤후의 모습 때문인지 자칫하면 자신이 악당 역할이 될 것 같은 느낌이 들었다.

*   *   *

정훈의 공방 근처 커피숍에 앉은 김 대표는 어떻게 얘기를 꺼내야 하나 걱정스러운 얼굴이었다. 당사자인 윤후가 어떻게 나올지 모르기에 윤후의 보호자인 정훈에게 먼저 얘기를 꺼내려는 것이다.

"무슨 일로 여기까지 오셨는지… 혹시 윤후한테 무슨 일이 생겼나요?"

"아, 아닙니다, 그런 건."

차라리 윤후에 대한 얘기를 듣지 못했다면 마음만은 편했을 텐데, 혹시나 윤후가 앓던 병 때문에 놔주는 것으로 오해를 살까도 걱정스러웠다. 그렇다고 그런 오해 때문에 윤후를 잡고 있을 수는 없었다. 이미 회사에서도 윤후가 자신들의 역량을 넘어버렸다는 것을 다들 알고 있었다. 그렇다고 숲이 꺼낸 얘기대로 할 순 없었다.

김 대표는 얘기를 꺼내기로 마음먹고 입술을 깨물었다.

"저, 아버님, 저희가 윤후와의 계약이 얼마 남지 않았습니다."

"아, 벌써 그렇게 됐나요? 하하! 그것 때문에 오셨습니까?"

정훈은 김 대표를 처음 봤을 때를 떠올리며 미소를 지었다. 처음에는 걱정도 했지만 다행히도 좋은 사람들 덕분에 정훈도 만족하고 있었다. 비록 윤후가 자폐증을 앓았다는 사실을 공개하긴 했지만, 걱정과 달리 윤후에 대한 선입견은 없었다. 그리고 무엇보다 윤후의 모든 이야기를 아는 김 대표라면 믿을 만했다.

"윤후는 좋다고 하죠? 하하! 미국에서 오자마자 또 회사로 들어갈 줄은 몰랐네요."

"아, 아직 윤후에게는 말 못 했습니다."

"그래요? 뭐 계약하는 데 바뀌는 내용이 있는 건가요?"

김 대표는 정훈이 오해하고 있다는 것을 느꼈다. 그 때문에 김 대표의 얼굴은 아쉬움과 미안함이 뒤섞여 있었다. 김 대표는 조심스럽게 준비한 서류를 꺼내놓았다.

"일단은 윤후가 받게 될 정산금입니다. 활동을 안 했기에 음반 활동과 음원 수익이 거의 다입니다. 음반은 윤후가 원래 받을 수 있는 2%에 추가로 인세 3%가 더 붙어서 나옵니다. 그리고 회사에서 따로 10%. 그래서 한 장당 15% 정도 수입이 윤후에게 돌아갑니다. 음원은 별도로 뒤에 자료를 준비했고요."

정훈은 서류를 보다 말고 깜짝 놀란 듯 고개를 들었다.

"9억 3천이라고요?"

"네. 아마 조금 더 늘어나긴 할 겁니다."

보통 음반을 판매하면 레코드 회사가 상당한 이득을 취하고 이어 회사와 작곡가, 편곡자, 퍼블리싱 업체나 음악 출판사들이 나누고 있었다. 윤후가 받는 15%는 라온이 아니고서는 절대적으로 불가능한 분배였지만, 정훈은 자세히 알지 못하기에 놀라고만 있었다.

"참… 대단하네요."

"아직… 한국에서만 판매된 금액입니다."

정훈은 연신 놀라워하며 서류를 보고 있었고, 김 대표는 그 모습을 보며 그나마 다행이라며 안도하고서 입을 열었다.

"아버님, 지금도 윤후의 앨범을 판매하고 싶다고 해외에서 연락이 많이 옵니다."

"아, 그래요? 지금도 많은데 더 많아지면 약간 걱정이 되네요. 그래도 뭐, 대표님이 워낙 잘해주시니까. 윤후 좀 잘 부탁드려요."

"…저, 아버님, 솔직히 말씀드리면 저희가 윤후와의 계약을 끝냈으면 합니다."

"…네? 그게 무슨 말씀이신지……."

"해외로 앨범이 판매되면 저희로서는 감당하기가 어렵습니다."

잠시 생각하던 정훈은 고개를 갸웃거렸다.

"꼭 해외에서 앨범을 팔아야 하나요? 지금처럼 한국에서만 음악을 해도 충분히 만족하고 있는데……."

김 대표는 욕심이 없어 보이는 정훈의 모습에 어색한 미소를 지었다.

"처음부터 그저 그런 아이였으면 괜찮을 테지만… 이미 다른 곳에서 욕심을 많이 내고 있습니다. 이미 아시겠지만 숲엔터도 그렇고요. 저희와 계약이 끝나면 말도 못 하게 제의를 받으실 겁니다. 국내는 물론 해외에서까지."

"……."

"그동안 윤후와 함께 있어본 경험으로는 한국의 매니지먼트는 윤후하고 어울리지 않아요. 그렇다고 윤후가 이상하다는 건 아닙니다. 오히려 너무 뛰어나죠. 그래서 이왕 가수를 할 바에는 윤후를 좀 더 책임져 줄 수 있고 확실하게 서포터 해 줄 수 있는 곳이 좋을 거라 생각했습니다."

정훈이 그다지 내켜지 않는 얼굴로 있자 김 대표는 주변을 살펴보고 조심스럽게 말했다.

"윤후의 인격 중에 음악 감독이라는 사람과 연관된 분입니다. 이번에 미국에 갔을 때도 많은 도움을 주었고, 무엇보다 미국 내에서 알아주는 회사입니다. 그리고 윤후가 아직 두 사람을 찾지 못하지 않았습니까? 그 부분에 대해서도 분명 저희보다 많은 도움이 될 겁니다."

정훈은 그 어느 때보다 진지하게 얘기하는 김 대표의 모습에서 진심임을 느꼈다.

　　　　　✳　　　　　✳　　　　　✳

　콜린은 한국에 함께 온 일행을 불러 모았다. 그러고는 라온 스튜디오에서 찍은 영상을 보여주며 반응을 살폈다. 흥미롭게 쳐다보던 직원들은 상당히 만족스럽다는 얼굴로 고개를 들었다.

　"훌륭하네요."

　"무엇보다 한국의 스타라는 점만으로도 충분히 홍보가 될 것 같습니다."

　영화의 성적은 순항 중이었지만, 이 영상이 돛을 달아주는 역할을 할 것이다. 그렇기에 콜린은 직원들의 반응이 당연하다는 듯 고개를 끄덕였다. 그러고는 영상 속의 윤후를 가리키며 물었다.

　"앤드류는 직접 겪어봤지? 어땠어?"

　"솔직하게 말합니까?"

　"그래, 솔직하게."

　원리 원칙대로만 움직이려는 앤드류였고, 미국에서 윤후와 몇 번 대면한 적이 있었다. 콜린은 그런 앤드류가 윤후를 어떻게 평가할지 궁금했다.

　"좋은 뮤지션입니다. 다만 관리하기가 어려울 거라 판단됩니다."

"근거는?"

"예전 보스의 지시로 한국에서의 활동을 알아본 바에 의하면 이렇다 할 활동이 없었습니다. 상당히 특이한 경우죠. 앨범을 내고도 활동을 안 하고 미국으로 온 것만 봐도 상당히 즉흥적이라고 보입니다. 한국에서 상당히 인기가 있음에도 불구하고 콘서트나 공연 자체도 없었고, 오로지 팬미팅이 다였습니다. 그 이유가 자폐증을 앓았다는 점 때문이라면 저희도 관리가 힘들 수 있을 거라 판단됩니다. 그렇기에 수익만 놓고 본다면 그다지 회사에 도움이 되는 케이스는 아닙니다."

"음, 그래? 그럼 우리가 음반을 제작한다면?"

"위험을 떠맡기보다는 판권 계약만 따오는 것이 최선이라 판단됩니다."

김 대표에게 들은 것과 비슷했다. 그 때문에 자신에게 부탁한 것이지만, 마음대로 윤후와 계약할 수는 없었다. 고민스러운 콜린은 생각에 잠겨 오랫동안 말이 없었다. 그러자 앤드류가 서류를 챙기며 자리에서 일어섰다.

"영상은 한국의 배급사에게 전달하고 저희도 따로 업로드하겠습니다."

"어, 그래."

＊　　　　＊　　　　＊

윤후는 라온 스튜디오의 컴퓨터 앞에 앉아 팔짱을 낀 채 모니터를 쳐다봤다.

"왜 안 가? 파블로 갈 때 같이 가서 좀 쉬지."

"아, 그냥 좀 생각할 게 있어서요."

녹음은 아예 시작도 못 했고, 계속 다시 듣던 크리스티안은 지친 채로 돌아갔다. 강유는 그 때문에 윤후가 지쳤다고 생각하며 위로하려고 했지만, 평소와 다르지 않은 모습이었다.

윤후가 보고 있는 모니터를 쳐다보며 고개를 갸웃거렸다.

"빌보드? 십 년 전 빌보드는 왜? 너도 모르는 노래가 있어?"

그제야 윤후는 고개를 돌리고 강유를 쳐다봤다.

"아, 아니요. 앨범 표지 사진 좀 보려고요."

"왜? 앨범 다시 내려… 아니, 그건 아닐 거고."

이미 김 대표에게 얘기를 들은 강유이기에 말을 바꿨다.

"십 년 전에 나온 건 모르겠고, 'allcdcovers'이란 사이트 가면 웬만한 표지는 다 있을 거야."

"아, 감사해요."

강유는 자신의 말이 끝나기 무섭게 고개를 돌리는 윤후를 보며 피식 웃었다. 그러고는 무엇을 찾나 궁금한 마음에 뒤에서 지켜보기 시작했다. 하지만 아무것도 입력하지 않고 모니터만 보며 얼굴을 씰룩거리고 있었다.

"뭘 찾는데?"

"아니에요. 그냥 오래 찾아봐야겠어요."

조급한 마음에 십 년 전에 유명한 가수라고만 생각만 윤후였다. 그러던 중 어떻게 찾아야 할까 생각하다가 은주가 작업을 하려다 무산되었다고 한 말이 떠올라 얼굴을 씰룩이고 있었다.

'하, 십 년 전 것부터 찾아봐야겠네.'

그래도 포기하지 않은 윤후는 인터넷으로 십 년 전 빌보드 순위부터 찾고 있었다. 웬만한 노래는 기억하지만 순위는 기억하지 못한 탓에 빌보드 사이트에 들어가긴 했지만 차트 종류가 상당히 다양했다. 한숨을 내쉬고 10년 전 Billboard 200부터 시작하기로 마음먹었다. 그러고는 거꾸로 내려갈 심산으로 2007년 12월 31일을 검색했다.

차트의 순위대로 다시 'allcdcovers'의 사이트에서 찾아보던 윤후는 상당히 오래 걸리는 시간임에도 불구하고 꾸역꾸역 하나하나씩 전부 확인하고 있었다. 그 모습을 보던 강유가 오히려 자신이 답답했는지 말했다.

"그러지 말고 그 콜린이라는 사람한테 물어보는 게 빠르겠다."

"오……."

말은 하지 않았지만 윤후도 지겨웠는지 곧바로 휴대폰을 꺼내 들어 잠깐의 주저함도 없이 곧바로 전화를 걸었다.

"안녕하세요. 혹시 십 년 전 빌보드에 오른 가수들 앨범 사진도 구할 수 있나요?"

—…….

다짜고짜 용건부터 꺼내는 윤후 탓에 당황했는지 콜린은 잠시 말이 없었다.

"아, 죄송해요. 급해서……."

—하하, 아닙니다. 십 년 전 빌보드의 노래가 아니라 앨범에 수록된 커버 사진을 말씀하시는 거죠?

"네. 구할 수 있나요?"

—2008년도 빌보드 200이면 됩니까?

"아, 아니요. 2007년도 매주 순위에 들어간 가수들……."

말을 하면서도 생각해 보니 미안해지는지 윤후의 목소리가 점점 작아졌다.

—하하, 가능한 대로 준비해 보겠습니다. 그리고 조만간 뵙도록 하겠습니다.

"네, 감사합니다."

유쾌한 콜린의 웃음소리에 윤후는 미안해하며 전화를 끊었다. 계속 콜린에게 일과 관련되지 않은 부탁을 하고 있었다. 윤후는 인상을 쓰며 강유에게 물었다.

"저 혹시 대표님 같았어요?"

"기상이? 아니, 네가 왜 기상이 같아?"

"휴⋯⋯."

다행인 듯 한숨을 내쉰 윤후였다.

＊　　　　　＊　　　　　＊

기타로 연주한 '너를 찾겠다'의 테마곡이 배급사인 L 엔터테인먼트의 메인 화면에 떡하니 걸렸다. 아무런 기사도 없이 사이트에 접속하면 곧바로 동영상이 재생되었다. 그뿐이 아니라 SNS와 Y튜브에 동시다발적으로 윤후의 기타 연주 영상이 업로드되었고, 그 덕분에 윤후의 팬카페 'W. I. W.'는 북새통을 이루고 있었다.

─영화 보고 나와서 인증!

─지금 첨 보셨나요? 전 이미 두 번 봄. 내일 또 보러 갈 예정인데!

─액션이라고 해서 걱정했는데 마지막에 엄청 움. 마지막 장면에 나오는 노래도 정말 좋음. 짱 좋음! It's you! O.S.T 소개 보니까 이 곡 프로듀싱이 후 님이던데!

─정말임? 나도 그 노래 계속 듣고 있는데.

영화에 대한 평도 생각보다 좋았다. 윤후의 팬답게 영화를 봤다며 인증 글이 줄을 이었다. 하지만 윤후의 팬이라서일까, O.S.T 버전의 테마곡도 좋지만 기타로 연주한 영상을 더 좋아했다. 윤후의 얼굴이 나온다는 이유 하나만으로.

게다가 영화를 봤다는 인증 글이 넘쳐날수록 윤후가 프로듀싱을 한 'It's you'에 관심이 쏠리기 시작했다. 뮤지선에 대한 정보도 없었고 단지 '너를 찾겠다'의 수록곡으로 소개되고 있었다.

"다들 비슷하게 느끼는구나."

팬카페에서 글을 하나씩 살펴보던 이주희도 자신의 음원 리스트에 'It's you'가 추가되어 있었다. 전부 윤후가 관련된 곡뿐이었고, 그 곡 역시 윤후가 관련된 곡이었다.

"후 님 덕에 이 가수도 월드 스타 되는 거 아니야? 지금도 반응이 예사롭지 않은데."

이주희의 말대로 반응이 점점 오르고 있었다. 한국 영화인 '범죄의 미학'과 5% 이상 차이가 나던 예매율이 거의 차이가 없을 정도로 줄어들고 있었다.

1. 범죄의 미학 25.2%, 누적 관객 수 1,062,208
2. 너를 찾겠다 25.0%, 누적 관객 수 989,303

음원 사이트의 O.S.T에서는 윤후가 직접 만든 테마곡은 아쉽게도 연주곡인 탓에 순위권 밖이었다. 하지만 'It's you'가 영화의 흥행과 더불어 급상승하고 있었다.

"크리스티안이라… 이 사람이 누구지? 김 대표님한테 물어볼까?"

잠깐 고민하던 이주희는 전화를 꺼내 김 대표의 번호를 눌렀다.

—어이고, 이게 어쩐 일이십니까! 우리 윤후 미국에 있을 때는 한 번도 연락 없으신 이 기자님 아니십니까?

"풋, 바빠서 그랬죠. 오랜만인데 잘 지내시죠?"

—하하, 그럼요. 야야, 대식아! 파블로랑 나가서 기다려! 왜 사무실에서 그러고 있냐!

이주희는 여전히 정신없는 김 대표의 목소리에 피식 웃었다.

—하하, 죄송합니다. 회사에 손님이 와 있어서. 하하! 그런데 무슨 일로 전화를 주셨는지…….

"아, 다른 게 아니라 후 님이 프로듀싱한 'It's you'을 부른 크리스티안이 누군지 아시나 해서요."

—크리스티안이요? 당연히 알죠. 밥도 같이 먹었는데. 하하하!

"에? 정말요?"

─하하, 저희 회사 사람이 아니라서 자세한 건 말씀 못 드립니다. MFB 소속이니까 거기에 연락해 보세요.

이주희가 이해하면서도 한편으로는 서운해하며 인사를 하려 할 때, 전화 너머로 익숙한 목소리가 들렸다.

─대식이 형, 가요. 크리스티안 씨 기다려요.

"…후 님?"

'크리스티안이 한국에 있구나!'

전화 너머로 들려오는 소리에 무작정 나서려던 이주희는 고개를 흔들었다. 하마터면 윤후에게 폐를 끼칠 뻔했다면서 스스로를 자책했다. 그러고는 MFB 에이전시의 전화번호를 수소문하기 시작했다.

Chapter 6

윤후의 결정

　한국에서 윤후의 영상으로 인해 '너를 찾겠다'가 급물살을 탔다. 관객들은 물론이고 비평가들의 호평이 이어졌고, 그 덕분에 비교적 적은 스크린 수에도 불구하고 박스오피스 1위를 차지했다.

　—영상과 음악의 절묘한 조화가 얼마나 중요한지 보여주고 있다.
　—주인공 '도니'의 마지막 눈빛이 당분간 기억에서 지워지지 않을 것 같다.

―1시간 40분이란 시간 내내 눈과 귀가 즐거웠다.

그 덕분에 O.S.T의 앨범도 예상보다 많이 판매되고 있었다. 대중들이 많이 듣다 보니 시청자의 반응에 민감한 방송가에서는 MFB의 퍼블리싱을 담당하는 부서에 문의가 빗발쳤고, MFB는 대형 에이전시답게 그에 맞춰 발 빠르게 대응하고 있었다. 보고를 받고 있던 콜린은 얼마 전 윤후에 대한 평가를 박하게 내린 앤드류를 쳐다봤다.

"이래도 회사에 도움이 안 될까?"

"……."

"솔직하게 말해봐."

"도움이 됩니다. 제 판단이 틀렸습니다."

비록 한국에서의 성적이지만, 윤후의 영상을 공개한 뒤 영화의 성적이 오르는 것을 체감한 앤드류였다. 보잘것없는 영상으로 이 정도의 파급력을 보인다면 관리가 어렵다 하더라도 회사에 도움이 될 것이다. 미국이나 해외 여러 곳에서 성공하지 못한다 하더라도 한국 시장만으로도 충분하다 못해 넘치리라 판단되었다.

콜린은 솔직하게 자신의 판단이 틀렸음을 인정하는 앤드류를 보며 미소 지었다. 정이 없기는 했지만, 그렇기에 객관적이기도 했다. 중요 사안이 있을 때 종종 앤드류의 조언을 받았고, 그 선택에 후회는 없었다. 회사에 정식으로 얘기를 꺼내야 하겠지만, 객관적인 앤드류의 입에서 나온 말에 콜린은 마음을 굳힌 듯 보였다.

그리고 함께 회의를 하고 있던 다른 직원이 노트북의 화면을 보며 입을 열었다.

"기획 팀에서 보내온 자료입니다. 현재 첫 주차임에도 불구하고 'It's you'에 대한 반응이 생각보다 좋습니다. 그래서 기획 팀에서 보내온 자료에 의하면 당장 음반을 제작하는 것보다 O.S.T로 활동하는 방향으로 잡는 것이 좋아 보입니다."

"음, 그래."

"그럼 라온하고 약속을 잡겠습니다."

잠시 생각하던 콜린은 고개를 저으며 입을 열었다.

"연락해 둬. 내가 직접 가지. 참, 내가 부탁한 건?"

콜린의 말에 직원 한 명이 USB가 담긴 케이스를 건네주었고, 콜린은 그것을 받아 들고 잠시 생각에 잠겼다.

*   *   *

라온 휴게실에서 TV를 보고 있는 윤후도 예능 프로그램에서 들려오는 'It's you'를 신기해하며 듣고 있었다. 사람을 가리킬 때마다 'It's you'가 나오고 있었다.

"이거 맛있는디?"

"흠……."

대식에게 한국말을 배운 파블로의 말에 윤후는 피식 웃으며 시간을 확인했다. 그때, 약속 시간에 정확하게 김 대표와 최 팀장이 콜린을 데리고 휴게실로 들어섰다. 윤후는 그 어느 때보다 반갑게 콜린을 맞이하며 일어섰다.

"어서 오세요."

콜린은 반갑게 맞이해 주는 윤후의 모습에 살짝 놀라고는 웃으며 안으로 들어섰다.

"앨범 사진은……?"

"아, 하하하!"

그것 때문에 반갑게 맞이했다는 것을 눈치챈 콜린은 너털웃음을 짓고 재킷 안주머니에서 조그만 케이스를 꺼냈다. 이미 회사에서 상당수 보유하고 있었기에 그다지 어려운 부탁은 아니었다.

"이 안에 있습니다. 양이 상당해서 오래 걸렸습니다. 찾으시는 게 맞는지 모르겠네요. 그리고 앨범들에 수록된 사진은 구하기가 어려워서 표지만 준비했습니다. 괜찮으신지요?"

"네. 감사합니다."

윤후가 USB가 담긴 케이스를 받아 들고 곧장 확인하려 일어서자, 김 대표가 못 말린다는 듯 고개를 저으며 윤후를 막아 세웠다.

"잠깐 앉아봐. 할 얘기 있으니까."

윤후는 빨리 말하라는 얼굴로 김 대표와 콜린을 쳐다봤고, 김 대표는 한숨을 내쉬고 최 팀장에게 지시했다.

"윤후야, 아무래도 일정이 끝나는 즉시 크리스티안이 미국으로 가야 할 것 같아."

"왜요?"

아직 한국에서의 활동도 남았고 게다가 미국에서는 활동이 잡혀 있지 않은 상태였기에 윤후는 무슨 문제가 있나 생각했다. 아직 파블로에게 루아를 만나게 해주지도 못했는데 벌써 간다니 미안한 마음이다. 그러자 김 대표가 윤후의 생각을 눈치챘는지 피식 웃었다.

"다 너 때문이야. 지금 크리스티안의 노래 인기가 심상치 않거든."

"아!"

"그래서 크리스티안 씨가 아무래도 미국에서도 활동해야 할 것 같아서 시간이 부족해."

그러고 보니 조금 전에 본 TV 방송에서도 'It's you'가 나왔다. 윤후는 마치 자신의 일이라도 되는 듯 이해한다며 고개를 끄덕였다. 그러자 최 팀장이 콜린에게 마저 얘기하라며 손을 들어 보였다.

"생각보다 일정이 급박해서요. 미안합니다."

"괜찮아요."

"하하, 그래도 아직 한국에서의 방송이 남아 있습니다. 오늘 미국에서도 영화가 개봉되었으니 일정이 끝나면 곧바로 미국으로 돌아갈 예정입니다."

"네. 잘됐네요."

옆에서 파블로에게 전해 듣는 크리스티안은 어리둥절한 표정으로 알아듣지도 못하는 콜린의 말에 귀를 기울이고 있었다.

"그리고 한국에 있을 동안은 저희가 관리해야 해서 호텔로 숙소를 옮기게 됐습니다."

"네."

진심으로 축하해 주는 윤후의 모습에 김 대표는 씁쓸한 미소를 지었다. 직접 MFB 에이전시의 진행 과정을 보니 차라리 처음부터 저런 곳과 계약을 했으면 어땠을까 하는 생각이 들었다.

모든 면에서 차이가 났다. 한국에서는 삽입곡이 아니고서야 영화음악으로 제작된 곡은 모두 배급사에서 관리했다. 하지만 할리우드 영화라는 점도 있었지만, 윤후의 계약을 맡고 있던 MFB는 영화에서 사용되는 경우 말고는 모두 자신들이 관리하기 시작했다. 지금도 벌써 한국의 서울시립교향악단과 윤후가 만든 '도니'의 테마곡을 계약했음을 알려왔다.

그렇다 보니 더욱더 놓아주어야 한다는 생각이 깊어졌다. 하지만 김 대표는 윤후에게 어떻게 얘기를 꺼내야 할지 고민스러웠다. 그때, 콜린이 윤후를 보며 말했다.

"이번 크리스티안 씨의 활동이 끝나면 앨범을 제작하려고 합니다. 그때 프로듀싱을 봐주셨으면 합니다. 솔직하게 이 제의를 드리려고 찾아뵌 겁니다. 하하!"

"……."

곧바로 자신을 쳐다보는 윤후의 모습에 김 대표는 입가에 미소를 지었다.

"네가 하고 싶으면 해. 날 뭐 하러 봐?"

"네, 하고 싶어요."

그러자 콜린이 잘되었다는 듯 고개를 끄덕이며 말을 이었다.

"아무래도 그때 작업은 미국에서 하게 될 것 같습니다."

"흠……."

얘기를 꺼낸 콜린이나 옆에서 지켜보던 김 대표나 둘 다 윤후의 얼굴을 집중해 쳐다봤다. 그리고 윤후의 대답을 기다리던 김 대표는 허탈하게 웃어버렸다.

"어떻게 해요?"

"어떻게 하긴 뭘 어떻게 해? 넌 어떻게 했으면 좋겠는데?"

윤후는 한참을 생각하고 나서야 입을 열었다.

"일단 아빠한테 물어볼게요."

"아니, 네 의견 말이야."

그러자 윤후는 당장 물어보려고 했는지 전화기를 꺼내 들다 말고 김 대표를 물끄러미 쳐다보며 말했다.

"가면 좋죠."

김 대표는 기다리던 대답이건만 잘되었다는 생각이 드는 한편 서운함도 느껴졌다. 그래도 내색하지 않으려 어색한 미소를 짓고는 고개를 끄덕였다.

*　　　　　*　　　　　*

제법 쌀쌀한 날씨임에도 옥상에 자리한 윤후는 어째서인지 자신을 물끄러미 쳐다보고 있는 김 대표의 시선이 부담스러웠다. 무슨 말을 꺼내려는지 할 얘기가 있다면서 삼십 분째 쓸데없는 말만 하고 있었다. 윤후는 의심스러운 눈을 하며 김 대표를 쳐다봤다.

"뭐 해야 돼요? 예능은 싫어요."

"뭐? 하하! 아니야, 인마."

윤후가 그럴 리가 없다며 고개를 갸웃거리는 모습에도 김 대표는 물끄러미 윤후를 쳐다볼 뿐이었다. 한참을 쳐다보던 김 대표가 드디어 입을 열었다.

"좀 있으면 벌써 일 년이네. 강유네 녹음실에서 너 봤을 때가 엊그제 같은데. 안 그러냐?"

"일 년쯤 된 거 같아요."

다른 때 같았으면 솔직한 윤후의 말에 멋대가리 없는 놈이라며 구박했을 김 대표지만 지금은 그저 피식 웃어넘겼다.

"어휴, 그 이상하던 놈이 이제는 노래만 내면 사람들이 난리를 치고. 많이 성공했어."

"그건 그러네요."

"하하, 윤후야, 아직 못 찾은 두 분은 어떤 사람이냐?"

김 대표가 알고 있다는 것을 윤후도 알기에 오히려 기쁜 마음으로 입을 열었다.

"흠, 일단 제임스 아저씨는 사진작가였어요. 사진에 대해서 많이 배우지는 않았는데 물건만 보면 사진상 구도가 어떻다느니 하면서 정리를 하고 싶어 했거든요. 그리고 다섯 명 중에 유독 말이 없었어요. 대신 가끔가다 비수 박히는 말을 할 때가 있기는 했어요. 그럴 때마다 기타 할배한테 혼나기는 했지만⋯ 그래도 한 말은 다시 안 해요. 한 번만 말하거든요."

"하하, 소주 어르신 형님이?"

"네. 항상 그러셨어요. 제이 형의 형인 백수 아저씨는 농담만 하고."

김 대표는 신이 난 듯 주저리주저리 떠들고 있는 윤후를 쳐다보고 있었다.

"딘은 저보다 나이가 많은데 그냥 친구예요. 굉장히 소심하고 여리긴 한데… 가끔 안 좋은 짓을 할 때도 있어요. 그래서 매일 혼났어요. 특히 이상하게 백수 아저씨를 제일 무서워했고요. 그리고 꼭 있을 데 안 있을 데 못 찾는다고 혼났어요. 어? 그러고 보니까 왜 그랬지?"

혼자 말하고 혼자 생각하는 윤후였다. 그런 윤후를 보고 있던 김 대표가 콧바람을 거하게 뱉고 입을 열었다.

"그럼 너 미국 가야겠네."

"아니에요. 당장 가도 찾을 방법이 없어요. 참, 십 년 전에 유명한 가수라는 건 알았어요."

"그래? 그럼 더 미국으로 가야겠네. 너 그 빈센트인가 그 사람도 아무것도 없이 가서 찾았잖아. 그리고 그런 유명한 가수면 네가 더 유명해져서 찾으면 되겠네."

"오……."

그런 생각은 하지 못한 듯한 윤후의 모습에 김 대표는 피식 웃었다.

"미국 가. 미국 가서 앨범도 내고 네가 찾아야 하는 사람도 찾고 그래."

"그래도 돼요? 이번에도 대식이 형이랑 가요?"

"아니. 대식이는 한국에서 일해야지."

"그럼 누구랑 가요? 대표님이 가요?"

"아니."

김 대표는 윤후의 어깨에 손을 올렸다. 불편한지 빼려 하는 윤후의 어깨를 살며시 잡으며 눈을 맞추고 천천히 입을 열었다.

"윤후야, 우리랑 계약 끝내자."

윤후는 또 김 대표가 무슨 수작을 부리려는지 의심스러운 눈초리로 살폈다. 그런데 지금까지 겪어온 김 대표와 다르게 느껴졌다. 뭔가 자신을 향해서 미안해하는 느낌도 들었고 안타까워하는 느낌도 들었다. 윤후는 말없이 김 대표를 쳐다봤고, 김 대표는 힘들게 말을 꺼낸 만큼 지금이 아니라면 말을 꺼내지 못할 것 같아 계속 말을 이었다.

"어차피 계약도 얼마 안 남았고 너도 누가 건드릴 수 없는 그런 회사에서 편하게 지내."

"……."

"아마 우리랑 계약 끝나면 이곳저곳에서 엄청나게 연락 올 거야. 그래서 네가 피곤할까 봐 너한테 어울릴 만한 회사를 알아봤어. 그중에서 콜린 씨네 회사가 가장 너하고 어울릴 것 같더라."

"지금 무슨 말씀하시는 거예요?"

"자식이 무슨 말이기는. 얘기 들어봐. 콜린 씨네 회사가 상당히 크다는 거……."

장난처럼 여기기에는 김 대표의 얼굴이 상당히 진지했다. 김 대표가 왜 미안해하는 얼굴을 하고 저런 말을 하는 건지 이해가 가지 않았다.

"왜요? 숲 엔터에서 또 건드리고 그랬어요?"

"그런 거 아니야. 네가 그랬지? 사람들한테 네 음악 들려주고 싶다고. 지금이 기회 같아서 하는 말이야. 한국이 아닌 해외에서도 네 음악을 기다리는 사람이 많잖아."

"……."

"우리로서는 해보려고 해도 한계에 부딪치더라. 그러니까 들어봐."

"안 들을래요."

윤후는 자신의 어깨에 올려 있는 김 대표의 손을 뿌리치고 옥상 문을 나서려 했다.

"야, 윤후야! 내 말 더 들어봐!"

그러자 윤후는 차가운 문고리를 잡고 있던 손을 떼고 고개를 돌려 김 대표를 쳐다봤다.

"아무도 못 건드리게 크면 돼요?"

"하, 그런 거 아니야, 인마."

김 대표는 자신이 할 말만 하고 옥상을 내려가는 윤후의 뒤를 급히 따라갔다.

*   *   *

다음 날.

사무실에 있는 김 대표는 휴게실에서 나오지 않는 윤후 때문에 걱정이 가득한 얼굴이었다. 김 대표뿐만이 아니라 윤후와 항상 붙어 다니던 대식도 침울한 얼굴로 연신 한숨만 내뱉었다.

"아직 말도 안 하지?"

"네. 불러도 대답은 안 허고 쳐다만 봐유. 밥도 먹는 둥 마는 둥 허고……."

"하, 그래. 일단 아버님한테 연락해 봐야겠다."

"아버님이랑 전화허는 거 같더라구유."

무엇을 하고 있는지 옥상에서 내려간 뒤 가끔 화장실이나 식사를 할 때를 제외하고는 방에 틀어박혀 나올 생각을 안 하고 있었다. 그리고 잠시 나올 때마저도 말도 하지 않고 눈도 마주치지 않았다. 김 대표는 조금 더 천천히 얘기를 꺼내야 했나 후회가 되었다.

"대식아, 가서 순댓국 좀 사와라. 그거라도 가져다줘 봐."

"알았어유."

밥도 안 먹고 있기에 더욱 걱정스러웠다. 대식도 다른 때와 달리 군소리 없이 바로 사무실을 나섰고, 그때 사무실 복도에서 대식의 목소리가 들려왔다.

"어라? 이 기자님이 어쩐 일이세유?"

"오랜만에 와봤죠. 그런데 대식⋯ 씨 맞죠?"

김 대표가 고개를 들어 창을 통해 밖을 보니 이주희가 보였다. 회사에 있는 사람이라고는 윤후밖에 없기에 김 대표는 고개를 갸웃거리며 사무실 문을 열고 나섰다.

"이 기자님, 무슨 일로 오셨어요?"

그러자 이주희가 기쁜 일이라도 있는 듯 박수를 치며 말했다.

"어? 후 님이 오라고 해서요. 갑자기 직접 연락하셔서 얼마나 놀랐는데. 인터뷰하자던데요?"

"윤후가요?"

"네. 그래서 부랴부랴 왔죠. 후 님 어디 계세요?"

김 대표는 의아한 얼굴을 하고선 이주희를 보며 물었다.

"그래요? 언제 그랬어요? 지금 방에서 안 나올 텐데⋯⋯."

"오늘 아침에 전화해서 오라고 했어요."

"아침에요?"

"네. 무슨 일 있어요?"

김 대표는 어제 옥상에서 내려갈 때 윤후가 한 말이 마음에 걸렸다. 그때, 지하에 있던 신입 매니저 동혁이 올라오는 게 보였다.

"넌 어디 가냐?"

"저요?

"애들이 회사에 볼일 있다고 데리러 와달라고 해서 숙소 가는데요?"

"OTT?"

"네. 급하다고 해서……."

윤후가 회사를 키운다고 말하고 바로 움직이는 것 같았다. 김 대표의 얼굴은 심각해졌고, 그 모습을 지켜보던 이주희가 조심스럽게 물었다.

"무슨 일 있는 거예요?"

김 대표는 심각한 얼굴로 생각에 잠겼다. 인터뷰를 그렇게 싫어하던 윤후가 스스로 나서서 인터뷰 요청을 했다는 것을 보면 생각보다 윤후의 상태가 심각한 것 같았다.

*　　　　　*　　　　　*

옥탑 사무실에 혼자 있는 김 대표는 이주희가 놓고 간 인터뷰 내용을 보고 있었다. 회사에서 준비해 주지 않았기에 혼자 준비했을 터이다. 그래서인지 미숙한 부분도 상당히 많았다.

하지만 지금까지의 윤후와는 다른 느낌이었다.

"반드시 우뚝 서겠다고?"

인터뷰를 한 이주희조차도 평소와 다른 윤후의 모습에 위화감을 느꼈다고 했다. 속내를 내비치는 윤후가 아님에도 이주희가 느꼈을 정도라면 상태가 심각했다. 성급하게 말을 꺼낸 건 아닐까 하는 생각이 들었다.

똑똑.

사무실을 노크하는 소리에 김 대표가 고개를 돌리자, 김진주가 태블릿 PC를 들고서 사무실로 들어서더니 우물쭈물했다.

"왜 그래?"

"저… 대표님, 이것 좀 보셔야 할 거 같아요."

"뭔데?"

김 대표는 평소 같지 않은 김진주의 모습에 고개를 갸웃거리며 태블릿 PC를 받아 들었다. 화면을 들여다보던 김 대표는 다시 고개를 들어 김진주를 쳐다봤다.

"…이게 뭐야? 얘가 지금 뭐 하는 건데?"

"저도 잘… 휴게실에 가봤는데 대답을 안 하세요."

"언제부터 한 거야?"

"시작한 지 얼마 안 됐어요. 갑자기 팬카페에 후 님이 방송한다고 난리 나서……."

김 대표는 화면을 쳐다보며 다시 김진주에게 물었다.

"무슨 방송을 하는 거야? 아무것도 안 하고 화면만 쳐다보고 있는데……?"

"그게……."

"빨리 말해!"

"저… 제목 보시면 후 TV라고 해놓고… 그냥 계속 방송 중이에요."

그제야 맨 위에 쓰인 제목을 확인한 김 대표는 이를 꽉 깨물었다. 후 TV라면 진저리를 치던 윤후가 무슨 생각으로 지금 방송을 하고 있는지 말하지 않아도 느껴졌다. 자신이 할 수 있는 것을 생각하다 고민 끝에 방송을 하고 있는 것이 뻔했다.

윤후의 인기 탓에 시청자는 눈을 깜빡일 때마다 불어나고 있었고, 그 때문에 채팅은 한 줄을 읽기 힘들 정도로 빠르게 올라오고 있었다.

—이게 무슨 일! 완전 대박!

—진짜 후 맞음?

—사진 같은데? 안 움직이는데?

—노래 한번 불러주세요!

화면에서 윤후의 모습은 채팅을 읽고 있는지 한쪽에 시선이 고정되어 있었다. 그러다 윤후가 고개를 끄덕이며 입을 열었다.

"'너를 찾겠다' 테마곡 연주해 드릴게요."

윤후가 시청자의 채팅에 나온 말을 봤는지 뒤에 놓아둔 기타를 가져와 다른 말 없이 기타를 튕기기 시작했다. 연주가 끝나자 김 대표는 김진주를 보며 물었다.

"대식이는?"

"아까 후 님한테 가신다고 했는데……."

김 대표는 알았다는 듯 고개를 끄덕거렸다. 화면에는 영화에 삽입되었던 다른 곡들을 연주하기 시작했고, 윤후가 방송을 하고 있다는 것이 소문이 났는지 시청자가 셀 수도 없을 만큼 불어나고 있었다.

─후 님, 정말 사랑해요.

─알럽후! 나한테 장가올래?

"이거 기계음 같은 거 왜 나는 거죠?"

─도네! 도네이션!

─별풍 같은 거예요!

연주를 하는데 방해가 된 모양인지 화면을 가만히 보고 있던 윤후가 입을 열었다.

"그거 하지 말아주세요. 연주 소리랑 겹치네요."

당당하게 말하는 윤후의 모습에 시청자들은 폭발적인 반응을 보이며 더욱 후원을 했고, 그 말을 끝으로 너무 많은 접속 인원 때문인지 방송이 종료되고 말았다.

화면을 보고 있던 김 대표는 깊은 한숨을 내뱉으며 자리에서 일어섰다.

＊　　　　＊　　　　＊

같은 시간, 휴게실 방에서 기타를 연주하려던 윤후는 멀뚱히 휴대폰을 쳐다봤다.

"대식이 형, 이게 뭐예요? 갑자기 안 돼요."

대식이 휴대폰을 돌려 화면을 쳐다보며 이마를 긁적였다.

"이거 너무 많이 들어와서 터진 거 같은디? 그러니까 이건 뭣 허러 헌다고 그려."

대식은 말도 안 하던 윤후가 대뜸 촬영을 해달라는 부탁에 어쩔 수 없이 촬영을 해줬다. 자신이 아니더라도 어떻게든 촬영을 했을 것 같은 윤후의 모습에 차라리 자신이 옆에서 지켜보는 편이 나을 거라 생각했다. 그런 대식은 사람들이 몰려 방송이 꺼져 버린 휴대폰을 돌려주며 휴게실을 가리켰다.

"그만허고 너 좋아하는 순댓국 사왔는디 그거나 먹고 혀. 너 밥도 안 먹었잖여."

"괜찮아요."

"야, 나 힘들게 사왔는디 어여 와서 한술 떠. 나도 배고파 죽겄는디 너 기다린 거여."

윤후는 대식을 빤히 쳐다보곤 알았다는 듯 휴게실로 향했다. 그제야 대식은 안도의 한숨을 내쉬고 윤후의 뒤를 따라나섰다.

휴게실 소파에 마주 앉은 대식은 윤후를 물끄러미 쳐다봤다. 원체 말이 없는 윤후지만, 그럴 때와는 확연히 달랐다. 지금 식사를 하는 모습만 봐도 여러 가지 생각에 고민이 많은 모습이었다.

"야, 팍팍 묵어. 뭐 허는 겨. 여 깍두기도 좀 먹고 혀."

"네."

여전히 뒤적거리기만 하는 윤후의 모습에 대식은 수저를 내려놓았다. 그러고는 윤후를 물끄러미 쳐다보며 입을 열었다.

"윤후야, 너무 그러지 마야. 대표님이 다 너 잘됐으면 혀서 그려. 다들 일 년만 더 데리고 있자고 허는 걸 그 양반이 기를 쓰고 말린 거여."

그제야 윤후는 수저를 내려놓고 대식을 쳐다봤다.

"대표님헌티 얘기 들었지? 나도 몰렀는디 우리 미국에 있는 동안 난리도 아니었나 보더라. 외국 회사에서 앨범 계약 허자고. 그것도 죄다 미국의 큰 레코드 회사에서 연락이 왔나 보더라구."

"들었어요."

"그려, 근디 말이여. 솔직히 네가 앨범 내면… 우리가 혀줄 수 있는 게 아무것도 없는 거. 회사라면 케어도 해주고 그래야 되는디 우리는 아무것도 준비된 게 없는 거."

"그래도 같이하면 되잖아요."

"그렇게 생각헐 수도 있지. 그런디 말이여, 대표님은 너헌티 미안헌 거여. 언제 준비가 될지 모르는디 마냥 붙잡고 있는 거 같아서 말이여. 그리고 우리허고 붙어 있으면서 안 좋은 일만 잔뜩 있었잖여. 안 그랴?"

윤후는 대답하지 않고 아니라는 듯 고개를 저었다. 그 모습에 대식은 안타까워하며 입맛을 다셨다.

"이번에는 대표님 말대로 혀. 그 실없는 양반이 그러더라. 네가 다시 올지 안 올지는 모르지만, 그에 걸맞게 커져 있어야 허지 않겠냐고. 그래서 이번에는 그렇게 싫어하던 투자도 받고 애들도 벌써 준비 중이여. 루아도 그렇고 제이도 솔로 앨범 준비 중이여."

"……."

"그리고 나헌티 그러더라고. 회사 때려치우고 너헌티 붙어 있으면 안 되겠냐고. 월급도 준다고."

뭐라 대답했을까 기대하는 윤후의 모습에 대식은 아니라며 힘없이 고개를 저었다.

"근디 나야 좋지. 너 따라댕기믄서 월급도 받고 말이여. 그런디… 내가 이번에 너 쫓아 댕기면서 느꼈어야. 나는 암것도 도움이 안 되고 그냥 짐인 겨. 공부 하루 이틀 혀서는 무슨 말인지도 못 알아듣겄고……."

윤후가 실망하는 모습을 보이자 대식은 머쓱한 듯 머리를 긁적였다.

"그래서 일 년만 지둘려. 정말 열심히 공부헐 거여. 너도 그 제임스허고 딘도 찾아야 허잖여. 안 그려?"

"네."

"그려, 미국 가서 노래도 들려주고 잘됐다고 생각혀. 그렇게 바쁘게 지내다 보면 일 년 금방 지나가야. 너 여기 온 지도 벌써 일 년 다 돼가잖여."

윤후가 조금은 풀린 듯 보이자 대식이 피식 웃으며 농담을 건넸다.

"너 미국 가서 막 빌보드 1등허고 잘나간다고 다시 안 올 거여? 우리 회사로 다시 안 오면 나 공부 안 허고."

"안 그래요."

"그려? 약속혔어? 나 그럼 대굴빡 터지게 공부헌다? 해도 되는 거여, 마는 거여? 말이 없어."

"하세요."

그제야 대식은 미소를 지으며 순댓국을 가리켰다.

"어여 먹어. 다 식어부럿네. 이리 내. 데펴 오게."

"괜찮아요."

"괜찮긴 뭐가 괜찮여."

대식은 윤후의 순댓국을 들고 휴게실에 있는 전자레인지로 향했다. 그러고는 휴게실 밖에 김 대표가 와 있는 걸 보고는 김 대표를 향해 들어가 보라는 듯 고갯짓을 했다. 그러자 김 대표는 숨을 크게 들이마시고 헛기침을 하며 윤후에게 다가갔다.

"큼. 뭐야? 왜 혼자 여기 있어? 대식이 이 자식을!"

"오셨어요?"

김 대표는 어제부터 자신을 본체만체하던 윤후가 건네는 인사가 반가웠는지 미소를 지으며 윤후의 앞에 앉았다.

"밥은 먹었어?"

"대식이 형이 순댓국 사 오셨어요. 지금 식었다고 데우러 갔어요."

"그래. 하하!"

김 대표는 어색하게 웃었다. 대식이 한 말을 밖에서 들었지만 다시 말을 꺼내기가 어려웠다. 그때 윤후가 김 대표와 눈을 맞추고 입을 열었다.

"대표님."

"어? 어."

"생각해 볼게요."

먼저 말을 꺼낸 윤후의 대답에 김 대표는 알았다는 듯 미소를 지으며 고개를 끄덕였다.

"그래, 그거면 돼. 아버님하고 상의해 봐."

짧은 대화였지만 잘되었단 생각이 들었다.

*   *   *

다음 날.

휴게실에 앉은 윤후는 콜린과 함께 온 앤드류의 말을 듣고 있었다. 최 팀장은 정훈과 김 대표에게 통역을 해주느라 바빴고, 그 외에도 상당히 많은 인원이 모여 있었다.

"미니 앨범에 들어간 여섯 곡에 싱글 앨범 한 곡, 최소 다섯 곡의 신곡을 넣어 앨범을 제작할 예정입니다. 그리고 미니 앨범에 들어간 곡들은 가사를 영어로 바꿨으면 합니다. 신곡의 가사도 영어로 했으면 합니다. 그리고 저희와 계약이 되는 즉시 앨범 제작에 돌입할 예정입니다."

"네."

앤드류는 윤후의 심심한 반응에도 개의치 않고 김 대표를 가리키며 마저 입을 열었다.

"계약에 대해선 전혀 문제가 없을 겁니다. 저기 대표님이 말씀하신 대로 방송 출연은 아예 계약 내용에 없습니다. 만약 방송 출연을 하게 되면 추가적으로 계약을 해야 하는 번거로움이 있을 수 있습니다. 괜찮으십니까?"

"네."

"그리고 이미 감사하게도 라온에서 저희와 계약이 되는 즉시 계약을 해지하겠다고 말씀하셨습니다. 그래서 지금 보시는 내용은 저희 MFB가 후 씨가 차후 발매하는 앨범에 대한 관리를 담당하는 내용입니다. 저작권 또한 MFB의 자사 퍼블리셔들이 관리하게 됩니다."

라온에서 계약을 해지하겠다는 것은 이미 알고 있었지만, 다른 사람을 통해 듣게 되니 좋은 기분은 아니었다. 그 뒤로도 거의 한 시간이 지나도록 설명을 했고, 누구 하나 움직이지 않고 자리를 지켰다.

"그럼 계약하시겠습니까?"

"…네."

윤후가 옆에 있는 사람들을 쳐다보며 떨리는 목소리로 대답하자, 앤드류가 김 대표를 쳐다보며 말했다.

"부탁드립니다."

그러자 김 대표는 미리 준비한 서류를 탁자 위에 올려놓으며 윤후를 바라봤다. 그러고는 김 대표답지 않게 어색한 미소를 지었다.

"하하, 어차피 두 달밖에 안 남았는데! 하하! 그럼 내가 먼저… 사인하고… 자, 여기에 사인하면 돼."

윤후는 김 대표가 가리키는 곳을 한참을 쳐다보더니 다시 고개를 들어 김 대표를 바라봤다. 여전히 어색한 웃음을 짓고 고개를 끄덕거리는 모습에 윤후도 고개를 끄덕이며 서명했다.

"하하, 그동안 수고 많았어. 하하하!"

김 대표를 물끄러미 바라보던 윤후가 갑자기 소파 뒤에서 주섬주섬 종이를 꺼냈다. 그러고는 김 대표에게 펜을 돌려주며 말했다.

"읽어보고 사인하세요."

"이게 뭔데?"

김 대표는 윤후가 건넨 종이를 들어 올려 읽기 시작했고, 무슨 일인지 궁금한 정훈과 최 팀장도 얼굴을 들이밀었다. 직접 손으로 쓴 내용을 먼저 읽은 정훈이 잘했다며 윤후에게 손가락으로 동그라미를 그렸고, 한 글자, 한 글자 꼼꼼히 읽은 김 대표가 서류를 내려놓았다.

김 대표는 오윤후가 미국에 있는 동안 전화하면 받을 것.
김 대표는 오윤후의 방을 건드리지 말 것.
김 대표는 오윤후가 콜린과 계약할 때 도움을 줄 것.
…….

자질구레한 내용이 전부였다. 그렇지만 고민한 흔적이 많이 보이는 계약서 같지도 않은 종이의 마지막에서 김 대표는 눈을 떼지 못했다.

김 대표는 오윤후가 미국에서 돌아오면 바로 계약할 것.

김 대표가 말이 없자 윤후는 친절하게 손가락으로 직접 가리키며 설명했다.

"여기 밑에 사인하세요. 넘어가지 마세요. 밑에는 대식이 형 자리니까."

윤후의 말에 김 대표는 피식 웃었다.

"야, 계약서면 나도 한 장 줘야지. 너만 갖고 있는 게 무슨 계약서야?"

"아, 잠시만요. 내려가서 복사해 올게요."

"됐어, 인마. 그리고 내 이름 김 대표 아니다."

김 대표는 장난스럽게 말하며 그 어느 때보다 정성껏 사인을 했다. 윤후가 만든 계약서 때문인지 김 대표의 얼굴이 처음보다 풀어져 있었다. 만족스럽다는 듯 자신이 직접 만든 계약서를 다시 읽고 있는 윤후를 보고는 김 대표가 미소를 지으며 말했다.

"너 돌아올 수 있도록… 우리도 지금보다 커져 있을게."

김 대표의 말에서 기다리겠다는 느낌을 받은 윤후는 얼굴에 미소가 활짝 피었다.

"네!"

*   *   *

콜린과 통역사, 그리고 김 대표와 최 팀장은 이미 윤후의 계약이 끝났음에도 커피숍에 얼굴을 마주하고 있었다. 김 대표는 마치 자식을 맡기기라도 하는 듯 연신 잘 부탁한다고 했고, 콜린은 그런 김 대표의 모습이 부담스러운지 손을 저었다.

"저희는 그저 후 씨의 음악을 알릴 뿐입니다."

"하하, 알죠. 그래도 아시겠지만 워낙 독특한 녀석이라… 하하! 그리고 이것 좀 봐주시겠습니까?"

김 대표는 미리 준비한 서류를 조심스럽게 건넸다. 서류를 천천히 읽던 콜린이 코를 씰룩거리며 김 대표를 쳐다봤다.

"팬클럽? 팬을 위해서 이렇게까지 하는 겁니까? 신기하네요."

한국의 매니지먼트 사업이 유난히 체계적이고 팬들과 소통이 활발한 것은 알고 있었지만, 김 대표가 내민 서류는 상당히 재미있어 보였다. 문화적인 차이가 있어 이해하기 힘든 부분은 직접 물어봤고, 최 팀장은 그에 대해 자세히 설명했다. 한참 동안 설명을 듣던 콜린은 어느 정도 이해했는지 재밌다는 얼굴을 했다. 그러자 김 대표가 다행이라는 듯 몰래 숨을 내뱉으며 입을 열었다.

"사실 저희가 해야 하는 일입니다. 아직 기간이 3개월이나 남았지만… 기사가 뜨기 시작하면 팬들이 가만있지 않을 겁니다. 아시겠지만… 윤후 팬들이 워낙 유난스러워서… 하하!"

덥덥이들을 떠올린 김 대표는 흠칫 몸을 떨며 말을 이었다.

"문제는 일방적으로 약속을 어기면 윤후 이미지가 깎일 수도 있습니다. 그래서… 괜찮으시다면 다른 걸로 대체했으면 합니다. 저희가 새로 생각한 것이 여러 가지 있습니다. 물론 팬들로서는 아쉽겠지만 새로 나온 음반이나……."

김 대표가 설명을 할 때, 통역사에게 전해 듣던 콜린이 손을 올리며 말을 끊었다.

"이 이벤트 남은 기간이 3개월이라고요?"

"네? 아, 네."

"3개월은 곤란하고… 아, 그쯤이면 한창 작업 중이거나 앨범이 나올 시기라고 판단돼서. 약속 중요하죠. 다만 팬들에게 사과하고 일정을 미루죠."

김 대표는 다행이라는 듯 한숨을 뱉고는 최 팀장을 보며 고개를 끄덕였다. 그러자 최 팀장이 나서며 입을 열었다.

"그럼 그때 경비는 저희가 부담하겠습니다. 경호 인원 및 스태프, 그리고 팬들의 비용 전부 부담하겠습니다."

최 팀장의 말에 콜린은 미소를 지었다. 한국의 엔터 사업이 굉장히 계산적인 것으로 알고 있었는데 지금 앞에 있는 이 두 사람은 달랐다. 그래서 특이한 두 사람의 얼굴을 번갈아 바라보며 눈썹을 씰룩이고는 미소를 지은 채 입을 열었다.

"아무래도 우리가 잠시 후 씨를 보살피겠지만 언제든 돌아가겠군요. 하하! 이 일에 대해서는 저 혼자 판단하기 힘들겠네요. 음, 이 한국의 팬카페라는 곳, 라온에서 계속 관리해 주시겠습니까?"

그 말을 들은 최 팀장이 놀란 얼굴로 김 대표에게 설명을 했고, 김 대표는 혀를 내밀 정도로 놀랐다.

"저희가요?"

"물론 그냥 해달라는 건 아닙니다. 업무적으로 협약을 맺자는 거죠."

"저희랑… MFB하고요?"

콜린은 김 대표가 건넨 서류를 흔들며 입을 열었다.

"회의는 해봐야겠지만 이것만 봐도 충분히 매력적이네요. 우리가 배울 것도 있어 보이고."

김 대표는 여전히 놀란 듯 입을 열지 못했다.

*   *   *

〈가수 Who, 미국 에이전시 MFB와 전속 계약 체결〉

〈Who, 드디어 미국으로? '빌보드 점령하고 돌아오겠습니다'〉

라온과는 비교하기도 힘들 만큼 빠르게 소식이 퍼져 나갔다. 각종 포털 사이트와 인터넷에 엄청난 수의 기사가 쏟아졌다. 한국에서 인기가 많은 편인 데다 MFB에서도 홍보에 힘을 쓰니 시너지 효과가 엄청났다.

얼마 전 윤후와 직접 한 인터뷰를 기사로 내보내지 않은 이주희는 다른 기자들이 작성한 기사를 꼼꼼하게 읽었다. 그리고 기사에 보이는 윤후의 사진을 보며 다행이라는 듯 미소를 지었다. 인터뷰 때와는 다르게 좀 더 편안해진 느낌이었다.

이주희는 기쁜 마음으로 윤후에 대한 기사를 모조리 스크랩하고서 팬카페에 올리려고 접속했다. 비록 운영자는 넘겨

췄지만 수시로 하던 일이기에 글을 올리려 했다. 하지만 화면을 보던 이주희는 침을 꿀꺽 삼키고 말았다. 새로운 글이 각 카테고리마다 도배되어 있었다. 덥덥이들의 유난을 잊고 있던 이주희는 아차 싶었다. 페이지를 넘기며 읽지 않은 글을 찾기 시작했고, 예상한 대로 난리가 나 있었다.

　　—팬미팅은 그렇다 쳐도 콘서트랑 여행은 어떻게 되는 거지?
　　—이런 건 우리 덥덥이랑 상의해야 하는 거 아님?
　　—뭐야? 우리 그동안 뻘짓한 거임?

　　글을 관리하는지 욕설이 섞인 글은 보이지 않았다. 하지만 예상대로 난리가 난 상태였다. 하나하나 읽어보던 이주희는 고개를 갸웃거렸다.
　　"뭐야, 갑자기? 공지? 공지가 뭐 어쨌다고?"
　　갑자기 수많은 글의 분위기가 급변했고, 글마다 공지를 언급하고 있었다. 이주희는 재빠르게 공지를 클릭했다.

　　라온 Ent입니다.
　　일 년의 시간이 지나 Who와의 계약이 만료되었습니다.
　　이제 라온 Ent는 Who가 가는 길을 여러분과 함께 응원하려 합니다.

앞부분은 라온과 계약이 해지되었다는 얘기였고, 글을 천천히 읽던 이주희는 김 대표를 떠올리며 괜스레 짠해졌다. 그리고 글을 읽어 내려가던 중 팬들이 난리가 난 이유를 발견했다.

그렇기에 라온 Ent에서 진행 중이던 Who의 이벤트에 대한 변경 사항을 알려 드립니다.
1. 팬미팅 — 완료.
2. 취소.
3. 취소.
4. 기존 2, 3의 이벤트에 참여자를 대상으로 30명 전원. 미국(뉴욕)으로 변경되었음을 알려 드립니다. 다만 아쉽게도 기간은 가수 Who의 음반이 나오고 콘서트 일정이 잡히지 않은 상태이기에 다소 진행되는 기간에 차이가 있을 수 있습니다.

이주희는 놀랍다는 듯이 입을 벌리고 화면을 쳐다보다 말고 인상을 찡그렸다.
"아, 왜! 학생만!"

*   *

라온의 1층 사무실에 여기저기에서 한숨 소리가 터져 나왔다.

"저희하고는 계약이 끝난 상태입니다. MFB에 직접 문의하셔야지 저희가 뭐 해드릴 수 있는 게 없어요."

최 팀장은 거무죽죽한 얼굴로 전화를 내려놓는 김진주를 쳐다보며 물었다.

"어딘데?"

"가우리 프로덕션이래요. 한 달 전부터 음악 감독으로 참여해 달라고 했다는데 제가 확인해 보니까 일주일 전이에요. 후……."

"그래, 잘했어. 그래도 최대한 친절하게 받아. 언제 엮일지 모르는 사람들이니까."

"네."

그때 사무실 문이 열리며 이종락과 강유가 들어섰다. 이종락이 사무실을 한번 둘러보더니 분위기가 마음에 드는지 미소를 지으며 말했다.

"이야, 완전 다 죽어가고 있네."

셨습니까?"

않하! 나만 죽어라 일하는 줄 알았더니 여기도 만만치

최 팀장이 이종락을 보며 미소를 짓고는 곧바로 입을 열었다.

"대표님이 오시면 바로 옥상으로 올라오라고 하셨습니다."

"안 그래도 언제 오냐고 계속 전화하더라고요. 바로 올라가봐야겠네요. 올라가시죠."

회사의 중역이라 할 수 있는 세 사람은 함께 옥상으로 향했다. 계단을 올라가던 강유가 벽에 붙은 윤후의 사진을 보고 물었다.

"윤후는 아직 모르죠?"

"그렇죠. 오늘 EBC 방송국에 크리스티안 씨 녹화가 있어서 같이 갔습니다."

이강유는 윤후의 사진을 쓰다듬고는 미소를 지으며 계단을 올랐다. 세 사람이 옥상에 도착해 옥탑 사무실을 여니 벌써와 있던 사람들이 일어나며 인사했다.

"오셨어요."

"어, 루아 씨, 제이. 오랜만이야."

제이는 오랜만에 보는 강유를 보고 웃으며 인사했고, 루아도 여전히 딱딱한 분위기지만 강유에게 고개를 숙여 인사를 건넸다. 그러자 두 사람과 얘기 중이던 김 대표가 한쪽에 놓아둔 플라스틱 의자를 건넸다.

"자, 대충 앉고, 이거부터 봐."

강유와 이종락은 김 대표가 준 종이를 한참 동안 읽어보고는 고개를 끄덕거렸다.

"그쪽이랑은 얘기된 거지? 이거 너 마음대로 일 벌이다가 고소당한다?"

"걱정 마. 그쪽에서 먼저 제의한 거니까."

알았다는 듯이 고개를 끄덕거린 이강유는 제이와 루아를 쳐다봤다. 무슨 생각을 하는지 평화로운 두 사람의 모습에 강유는 조심스럽게 입을 열었다.

"둘 다 괜찮겠어요?"

강유의 질문에 제이는 눈치를 보느라 대답하지 못했다. 대신 고개만 끄덕거리던 루아가 입을 열었다.

"저나 제이 오빠나 둘 다 좋은 기회니까요. 윤후와 작업을 못 하게 된 건 좀 아쉽지만 나중에 기회가 있을 거라고 생각해요."

그러자 쭈뼛대던 제이도 루아의 말을 거들었다.

"선배님한테는 죄송해요. 제안이 워낙 좋아서… 그리고 윤후도 볼 수 있고요."

"아, 아니야. 나 같아도 당장 하고 싶다고 그러지. 나한테 미안해하지 않아도 돼. 어디 위대한 라이올라이 프로듀서하고 나하고 비교를 해? 그거 실례야. 하하!"

"아니에요. 선배님도 실력 좋으시잖아요."

듣고 있던 김 대표가 피식 웃었다.

"너 그럼 한국에 남아서 강유랑 둘이 할래?"

"아니요!"

"하하하! 야, 말 끝나지도 않았다. 그러면서 괜한 소리는. 이미 정해진 거고, 그리고 난 너희보다 쟤가 더 걱정이다."

김 대표는 짙은 다크서클을 한 이종락을 보고 피식 웃었다.

"야, 종락이 너 진짜 혼자 괜찮겠어?"

"괜찮다니까요. 쉬러 가는데."

"쉬러 가는 거 아니야, 인마!"

"어차피 쟤네 작업하면 할 거 없잖아요. 그럼 쉬는 거지, 뭐."

김 대표는 여행이라도 가는 것처럼 여기는 이종락의 모습에도 미소만 지었다. 그동안 제대로 된 휴가를 가본 적이 없기에 휴가라고 여기는 모습에 수긍하는 표정이다.

"그럼 일단 여기 사진부터 봐. LA인데 한인 타운은 아니야. 콜린 씨가 준비해 준 집이고, 작업실하고의 거리는 20분 정도 걸린대. 그러니까 뉴욕에 있는 윤후한테 괜히 전화하고 그러지 말고."

루아와 제이는 서로를 마주 보며 고개를 끄덕였다. 그러고는 조심스럽게 김 대표에게 물었다.

"윤후한테 얘기 안 해도 괜찮아요?"

김 대표는 놀란 듯한 두 사람의 모습에 피식 웃었다.

"너희 둘 윤후랑 있어봤으면서 아직 몰라?"

"뭘요?"

"윤후가 밖에 돌아다닐 거 같아? 음악 작업 시작하면 우리 생각도 안 할 거야. 너희는 너희대로 작업해. 괜히 뉴욕에 가지 말라고."

루아와 제이도 이해했는지 윤후를 떠올리며 피식 웃었다.

"좋은 기회니까 열심히 하고."

*   *   *

크리스티안의 공연을 따라온 윤후는 북적거리는 대기실임에도 뭔가 허전했다. 옆을 돌아보면 항상 같이 움직이던 대식이 있을 것 같았는데 대식 대신 차가운 얼굴을 한 앤드류가 붙어 있었다. 당분간이라고는 했지만, 대식과 정반대의 성격 때문인지 적응이 되지 않았다. 그때, 파블로가 윤후의 옆에 앉더니 크리스티안이 들리지 않을 정도의 목소리로 속삭였다.

"후 형, 아빠한테 뭐라고 좀 해줘요. 너무 떨고 있어요."

파블로의 말에 고개를 돌려보니 상당히 긴장하고 있는 크리스티안이 보였다. 그 때문인지 우스운 장면이 연출되고 있었다. 크리스티안을 임시로 맡은 매니저가 파블로를 통해 연신 크리스티안을 위로하고 있었다. 그럼에도 긴장하고 있는 크리스티안을 본 윤후는 고개를 갸웃거렸다. 멕시코나 미국에서 버스킹을 했다는 얘기를 들었고, 자신과 처음 만난 장소도 식당 무대였건만 크리스티안이 심하게 떨고 있었다. 어떻게 조언을 해줄까 생각하던 윤후는 파블로를 보고 말했다.

"떨리면 무대 올라가서 기타 조율하라고 전해줘. 그럼 긴장이 풀리더라."

"네?"

"아니야."

예전 불꽃 축제 때를 떠올린 윤후는 고개를 저으며 한쪽에서 앉았다가 일어나길 반복하고 있는 크리스티안을 물끄러미 쳐다봤다. 아무래도 쉽게 진정될 것 같지 않아 보여 잠시 고민하다가 옆에 있는 앤드류에게 물었다.

"제가 도와줘도 되나요?"

"어떻게 도움을 주신다는 겁니까?"

"같이 무대에 올라가서 연주라도……."

"안 됩니다."

앤드류는 단호하게 안 된다고 말하며 윤후에게 다가와 조용히 설명했다.

"일단 첫 번째로 후 씨는 리허설에 참여하지 않았습니다.

방송이 되지 않는 공연이라면 상관이 없겠지만, 제작진과의 동선과 공연 내용을 이미 맞췄기 때문에 안 됩니다. 그리고 두 번째, 크리스티안의 무대이지 후 씨의 무대가 아닙니다. 모든 시선이 후 씨에게 쏠릴 텐데 그게 크리스티안에게 도움이 될까요? 그리고 크리스티안 씨가 매번 떨 때마다 함께 올라가실 생각입니까?"

"흠……."

윤후는 하나하나 꼬집어 말하는 앤드류의 말에 이해가 되는지 고개를 끄덕였다.

그런 윤후를 가만히 쳐다보던 앤드류가 고개를 갸웃거렸다.

그동안 조사한 바로는 현재 한국에서 인기가 많은 가수 중 한 명이기에 스타들이 갖고 있는 자존심이 있을 것으로 생각했다.

그렇기에 처음부터 자신이 하고 싶은 대로 하게 두면 관리가 힘들어질 것을 알았기 때문에 일부러 하나하나 이유를 설명했다. 기분이 나쁠 수도 있을 텐데 마치 몰랐다는 듯 고개를 끄덕거리고 있는 모습이 의아했다.

그때, 윤후가 갑자기 고개를 돌려 쳐다보며 물었다.

"그럼 제가 해줄 수 있는 게 뭐예요?"

"무대에서는 없습니다. 지금 이 자리에서는 격려와 응원 정도가 있겠네요."

"그럼 저는 여기 왜 왔어요?"

"그건 후 씨가 직접 오신다고 하지 않았습니까?"

"아……."

또다시 알았다는 듯이 고개를 끄덕이는 모습에 앤드류는 윤후를 이상하다는 듯 쳐다봤다.

마치 자신이 스타라는 자각을 하지 못하는 듯 보였다. 설명을 하면 그제야 알았다는 듯 고개를 끄덕이는 모습에 혹시 장난을 치는 건가 하는 생각이 들기도 했다.

방송 활동이 적기는 했어도 조사한 바에 의하면 분명히 방송 활동을 했는데 아는 것이 너무 없었다.

오히려 한국과 다른 방송 환경에서 일한 자신보다 더 모르는 것처럼 느껴졌다. 그렇다고 왜 아무것도 모르냐고 물을 수가 없었기에 그저 관찰만 할 뿐이다.

그때, 한참이나 고개를 끄덕거리던 윤후가 일어서더니 크리스티안에게 다가갔다.

"기타 좀 안아 봐도 돼요?"

크리스티안이 못 알아들었는지 멀뚱히 쳐다보자 윤후가 손가락으로 기타를 가리켰다.

그러자 크리스티안이 기타를 건넸고, 윤후는 기타를 안고서 크리스티안의 앞에 앉았다. 윤후는 무슨 말을 하려다 말고 기타를 연주하기 시작했다.

그다지 넓지 않은 대기실에 윤후의 기타 연주가 울리기 시작했다. 그러자 다들 윤후에게 시선이 돌아가며 그 모습을 가만히 지켜봤다.

그러던 중 크리스티안이 갑자기 밝은 얼굴로 윤후를 쳐다봤다.

"우리 아빠 노래네."

신곡이라고는 'It's you'가 전부였고 나머지는 앨범에 실을 곡이었다. 그래서 오늘 크리스티안은 무대에서 윤후의 '스마일'을 포함한 다른 가수들의 곡을 부를 예정이었다.

그렇기에 더욱 긴장하고 있던 크리스티안은 자신의 노래가 들려오자 마음이 편안해지는 듯했다.

마음이 안정되는 듯하자 윤후가 기타를 연주하는 손이 눈에 들어왔는데 여전히 신기한 마음과 함께 부러운 마음이 들었다. 그런 윤후의 모습을 하염없이 쳐다볼 때, 윤후가 연주를 마치고 미소를 지었다.

"긴장 좀 풀려요?"

파블로가 바로 통역을 해주자 크리스티안은 미소를 지으며 고개를 끄덕였다. 그 모습에 윤후는 다행이라는 듯 미소를 지으며 기타를 돌려주었다. 그러자 크리스티안이 고개를 저으며 손을 들어 올렸다.

"한 곡 더 해달래요."

파블로의 말에 고개를 끄덕이며 앤드류를 쳐다봤다.

"해도 돼요?"

앤드류는 그걸 왜 자신에게 묻는지 몰랐기에 얼떨떨한 얼굴로 고개를 끄덕거렸다. 하지만 나쁜 기분은 아니었다. 관리하기가 어려울 거라 생각했는데 잠깐 동안의 모습만 봐도 어렵기는커녕 시키는 대로 할 것만 같았다.

윤후는 앤드류의 허락이 떨어지자 잠시 고민하다가 입을 열었다.

"음, 이건 그냥 마음이 편안해지는 연주곡인데 들어봐요."

무슨 곡을 들려줄까 생각하던 윤후는 지금 크리스티안과 어울릴 만한 곡을 찾았다. 따뜻한 느낌의 편안함을 주는 '빈센트'. 음악 감독 아저씨와 전혀 관계가 없는 사람 앞에서 처음 들려주는 순간이다.

"제목은 '빈센트'고요, 원래는 피아노곡인데 지금은 기타밖에 없으니까 기타로 연주할게요."

윤후는 곡에 대해 간단히 설명하고서 기타를 튕기기 시작했다.

조금 떨어진 자리에서 윤후를 지켜보던 앤드류는 기타 소리가 들리자마자 자세를 고쳐 잡았다.

마치 두 대의 악기가 연주하는 듯한 소리가 들렸고, 윤후가 말한 대로 마음이 편안해지는 느낌이 들었다.

앤드류는 지금까지 자신이 들어본 연주곡 중 지금 이 곡이 손꼽을 정도로 뛰어난 곡이라는 것을 느꼈다.

가사가 없는 만큼 음으로만 듣는 사람의 마음을 움직여야 하는 것이 연주곡이었고, 지금 윤후의 곡은 연주곡임에도 불구하고 가사가 있는 것처럼 느껴졌다.

가사 대신 윤후의 연주 위에 자신이 예전에 느낀 따뜻하던 기억의 장면이 눈앞에 보이는 듯했다.

마치 아내와 아이가 자신을 향해 손짓하는 것처럼 느껴졌고, 앤드류는 자신도 모르게 침을 꿀꺽 삼켰다.

그러고는 대기실에 있던 사람들을 살펴보기 시작했다. 아니나 다를까, 다들 무언가를 떠올리며 미소 짓고 있었다.

5분 남짓 이어진 연주였지만 전혀 지루하지 않았다. 오히려 연주가 끝나는 것이 아쉽게 느껴졌다.

"끝."

그러자 대기실에 있던 사람들이 박수를 보내기 시작했다.

크리스티안의 공연 대기실이 윤후의 공연장처럼 되어버렸다. 그때 대기실 문이 열리면서 제작진이 들어섰다.

"자, 준비하세요……?"

다들 일어서서 박수를 치고 있는 모습에 FD가 무슨 상황인지 몰라 두리번거렸고, FD의 말에 정신을 차린 매니저들이 무대에 오를 준비를 시작했다. 크리스티안이 고맙다며 윤후에게 가볍게 포옹을 하고 대기실을 나섰다.

"후 형, 우리도 가요."

그러자 윤후는 앤드류를 쳐다봤다. 무슨 생각을 하는지 멍해 있는 모습에 고개를 갸웃거리며 물었다.

"안 가요?"

"아, 가시죠."

객석에서 관객들과 함께 구경할 수 없었기에 무대 옆에 따로 마련된 곳으로 향했다.

무대를 향하는 와중에도 앤드류는 윤후의 뒷모습을 쳐다보며 걷고 있었다.

자신에게 모든 의견을 묻는 윤후의 모습을 떠올린 앤드류는 생각을 마쳤는지 고개를 끄덕거렸다.

그러는 사이 마련된 장소에 도착했고, 앤드류는 윤후의 옆으로 자리를 옮겼다.

"후 씨."

"네?"

"조금 전에 들려주신 곡은 앨범에 수록하는 것보다 따로 연주곡으로 앨범을 제작하는 것이 좋겠습니다."

윤후의 경우 특별해서 에이전시임에도 한국처럼 매니저가 붙어 있었다. 하지만 에이전시의 특성상 한 앨범에 대해 계약을 했기에 다른 앨범을 내려면 또 그 앨범에 대해 계약을 해야 했다. 앤드류는 지금까지 자신에게 의견을 묻는 윤후라면 당연히 긍정적인 대답을 할 것이라 생각하고 당연하다는 듯이 말을 꺼냈다.

그리고 윤후의 대답을 기다렸는데 대답보다 고개를 젓는 것이 먼저 눈에 들어왔다.

"싫은데요."

"네?"

"싫어요."

"…네."

차분함으로 일관하던 앤드류는 당황스러웠다.

오늘 내내 붙어 있으면서 사소한 것까지 묻던 윤후이건만 생각할 여지도 없다는 듯 싫다는 대답을 듣자 혼란스러웠다.

자신이 무슨 실수를 한 건가 생각하던 앤드류는 다시 차분함을 유지하려 숨을 가다듬고 윤후를 바라봤다.

"그럼 제작할 앨범에 수록하실 예정입니까?"

"아니요."

"그럼… 따로 나중에 계약하실 생각입니까?"

윤후는 공연이 시작하려 하는데 옆에서 계속 질문하는 앤드류가 귀찮았는지 쳐다보지도 않고 입을 열었다.

"반은 제가 만들었지만 제 곡이 아니에요."

"…그게 무슨 소리인지… 공동 작곡이란 말씀이십니까?"

"네."

잠시 생각하던 앤드류는 이유가 있어서 거절했다 생각하며
다시 입을 열었다.

"그럼 어떤 분인지 말씀해 주시면 저희가 책임지고 해결하
겠습니다."

그러자 윤후는 고개를 천천히 돌려 앤드류를 쳐다보고는
입을 굳게 다물었다. 그 모습에 말하기가 어렵다고 오해한 앤
드류는 미소를 지어 보였다.

"곤란하신 분입니까? 어떤 분인지 말씀만 해주시면 무조건
해결하겠습니다. 그 작곡가분도 MFB에서 프로모션을 한다면
분명히 응하실 겁니다."

"음? 싫은데요. 그것보다 저 공연 좀 보게 조용히 해주세요."

앤드류는 기다리던 대답과 다른 말에 멍한 얼굴로 무대로
고개를 돌린 윤후를 쳐다봤다. 감정의 기복이 심해서 그러는
건지, 아니면 지금까지 자신을 놀린 건지 도무지 저 무표정한
얼굴을 읽을 수가 없었다.

미국에 도착하면 이미 윤후만의 팀이 꾸려져 있기에 다행
이기는 하지만, 그래도 윤후에 대해 알 필요가 있던 앤드류는
휴대폰에 메모를 작성하기 시작했다.

분위기파. 종잡을 수 없음.

　　　　　　＊　　　　　　＊　　　　　　＊

　며칠 뒤, 뉴욕 JFK공항에 도착한 윤후는 자신을 에워싸고 있는 사람들과 함께 이동했다. 한국이라면 모를까, 미국에서 자신을 알아볼 사람이 그렇게 많지도 않을 텐데 앤드류가 준비한 보디가드들은 겨우 움직일 만한 틈만 주었고, 그 때문에 안에 있는 윤후에게 사람들의 관심이 쏠렸다. 그래서인지 부담스러움을 느낀 윤후는 그 안에서 고개를 숙이며 걷고 있었다.

　차에 올라탄 윤후는 곧장 휴대폰을 꺼내 들었다.

　"잘 도착했어요."

　―다행이네. 별일 없었고?

　"네."

　―그래, 두 달만 앤드류 씨 말 잘 듣고 있어. 아빠도 빨리 갈 테니까.

　함께 가려했지만 공방에 밀린 예약 때문에 그럴 수 없던 정훈이다. 통화는 평소처럼 윤후를 걱정하는 것들이 다였다. 두 달 뒤에 보자는 말을 끝으로 전화가 끊겼지만, 윤후는 전화를 놓지 않고 가만히 들여다봤다. 그러고는 어디론가 전화를 걸었다.

하지만 통화 연결이 되지 않았다.

윤후는 약간 서운한 얼굴을 하고 창밖으로 시선을 돌렸다. 다른 사람은 몰라도 제이와 루아에게는 인사를 하고 싶었는데 두 사람 모두 연락이 되지 않았다. 김 대표에게 물어봐서 앨범 작업 때문에 바쁘다는 말을 들었지만, 전화 한 통도 없는 두 사람에게 서운함을 느끼고 있었다.

뉴욕의 허드슨강이 보이는 아파트에 도착한 앤드류는 뒤따라오는 윤후를 힐끔거렸다. 회사에서도 숙소를 상당히 신경 써서 잡았건만, 무슨 생각을 하는지 그저 고개를 숙인 채 따라오고 있었다.

"도착했습니다."

윤후는 15층에 위치한 집에 도착하고서야 고개를 들어 앤드류를 쳐다보며 고개를 끄덕였다. 앤드류를 따라 들어간 집에는 넓은 거실과 허드슨강이 보이도록 벽 전체가 창으로 되어 있었다. 앤드류는 창밖을 보라는 듯 손짓했지만, 윤후는 관심이 없는 듯 두리번거리기 시작했다.

"왜 그러십니까?"

"저기 있네요."

미리 보내놓은 짐을 발견한 윤후는 그 자리에서 곧바로 확인하기 시작했다. 다른 짐은 하나도 건드리지도 않고 하드 케이스에 담긴 기타만 꺼내놓았다. 그러자 앤드류가 저지하며 나섰다.

"오늘은 쉬는 게 어떠십니까?"

"네. 기타만 괜찮나 확인하고요."

윤후는 뱉은 말대로 딱 기타만 확인하고는 다 됐다는 듯 일어섰고, 앤드류는 윤후가 아직 적응을 못했다고 생각했는지 방부터 안내했다.

"일단 후 씨가 머물 방부터 안내해 드리죠. 따라오시죠."

앤드류는 윤후가 머물 침실 문을 열었다. 침실도 상당히 신경을 썼기에 내심 긴장하며 설명했지만 윤후는 그저 방을 한번 둘러보고 말았다.

"…혹시 마음에 안 드십니까?"

"아니요. 좋아요."

"네."

다른 방들을 소개할 때도 윤후의 반응은 시큰둥했다. 앤드류는 머리를 긁적이며 마지막 방으로 안내했다.

"작업실입니다. 간단한 작업은 이곳에서 가능할 겁니다. 그리고 더 필요한 게 있으시면……."

앤드류의 말이 끝나기도 전에 윤후는 방으로 들어가 건반에 손을 올렸다. 이리저리 눌러보며 신시사이저를 확인하던 윤후는 곧바로 컴퓨터부터 켰다.

"다른 방부터 확인하시죠?"

"잠시만요."

앤드류는 방문을 붙들고 서서 가만히 윤후를 바라봤다. 허드슨강이 보이는 전경도 본체만체하고 편안하게 꾸민 침실도 대충 살펴보던 윤후가 모니터를 보며 가볍게 미소 짓는 것이 눈에 들어왔다. 보통 사람이라면 창밖을 보며 작은 감탄이라도 했을 텐데 윤후는 그런 풍경보다 방음재가 덕지덕지 붙은 어두컴컴한 작업실을 훨씬 좋아하고 있었다.

그리고 그때, 윤후가 고개를 돌리고 입을 열었다.

"제가 쓰던 프로그램들이네요. 감사합니다."

앤드류는 처음으로 받는 감사 인사에 왠지 모를 뿌듯함을 느껴 만족스러워하고 가볍게 고개를 끄덕여 대답했다.

"그럼 좀 더 보시죠. 전 거실에 있겠습니다."

앤드류는 잠깐 보겠지 하는 생각으로 꺼낸 말이었는데, 설마 그것이 두 시간이 넘어갈 줄은 생각도 못 했다. 이미 다른 것은 할 생각도 없는 윤후의 모습에 지친 앤드류는 소파에서 잠이 들었다. 그리고 그때, 현관문이 열리며 누군가 들어왔다.

"앤드류? 자고 있었어요?"

"아, 아닙니다. 오셨습니까."

"앤드류가 자고 있는 건 처음 보네요. 그런데 후는요?"

"직접 들어가 보시죠."

인간미 없는 걸로 유명한 앤드류는 붉어진 얼굴로 손을 들어 방문을 가리켰다. 그러자 안내를 받은 사람이 궁금한 얼굴로 윤후의 방문을 열고 힐끔 쳐다봤다. 한창 작업 중인 윤후의 모습을 보던 사람은 미소를 지으며 방으로 들어섰다.

"윤후 군."

그제야 윤후는 자신을 부르는 소리에 고개를 돌려 반가워하는 얼굴로 자리에서 벌떡 일어섰다.

"어? 아줌마!"

"음? 푸풉."

반갑기는 한 것 같은데 작업을 마치지 못했는지 앉았다 일어서기를 반복하는 윤후의 모습에 은주는 자신의 남편이 떠오르는지 크게 웃었다.

"아이고, 좀 쉬었다 해요! 조금 전에 도착했다면서요?"

"네."

윤후는 그제야 자리에서 일어섰고, 은주의 얼굴을 마주하며 반갑다는 듯이 물었다.

"어떻게 오셨어요?"

"윤후 군이 보고 싶어서 왔죠."

윤후가 고개를 끄덕거리자 은주는 못 말린다는 듯 고개를 저으며 웃었다.

"앞으로 윤후 군이 미국에 있는 동안 집 관리는 내가 해주기로 했어요. 식사라든가, 청소라든가. 잘 부탁해요."

"그럼 같이 지내는 거예요?"

"왜요? 싫어요?"

은주는 대답 대신 고개를 젓는 윤후의 모습에 재밌다는 듯 웃었다. 표정이 없는 대신 행동으로 표현하는 윤후였다.

"아쉽게도 같이 지내진 않아요."

은주는 어깨를 으쓱거리고는 엄지로 옆을 가리켰다. 윤후가 엄지를 따라 벽을 두리번거리자 다시 크게 웃으며 입을 열었다.

"바로 옆 호에서 지낼 거예요."

"아, 네."

은주는 윤후에게 소파에 앉으라고 하더니 곧바로 주방으로 향했다.

"밥 안 먹었죠? 앤드류도 밥 먹고 갈 거죠?"

"아, 아닙니다. 미세스 조 오셨으니 전 가봐야죠."

앤드류는 기다렸다는 듯이 자리에서 일어나 윤후에게 인사를 건넸다.

"전 오늘은 이만 가보겠습니다. 이틀 후에 후 씨의 팀과 찾아뵙겠습니다."

"네."

"그리고 그때 곡 작업을 어떻게 하실 건지 회의하게 될 겁니다. 혹시 생각해 두신 게 있으면 그날 회의 때 말씀해 주시면 됩니다. 다섯 곡이 전부 신곡이다 보니 꽤 오래 해야 할지도 모릅니다."

가만히 듣고 있던 윤후는 대수롭지 않게 말했다.

"한 곡은 거의 끝나가요."

"아, 한국에서부터 작업하신 겁니까?"

"아니요."

윤후는 조금 전에 나온 작업실을 힐끔 쳐다보며 고갯짓을 했다. 그러자 앤드류도 윤후의 고개를 따라 시선을 옮겼다가 다시 윤후를 쳐다봤다.

"…네?"

"소파에서 주무실 때 한 곡 완성했어요. 가사만 붙이면 돼요."

"뭐… 요?"

놀란 듯 자리에서 벌떡 일어서는 앤드류의 모습에 주방에 있던 은주까지 턱을 괴고 두 사람을 흥미진진하게 지켜봤다. 평소의 앤드류답지 않은 모습을 벌써 두 번째 보고 있었다.

"제가… 혹시 오래 잤습니까?"

"아니요."

윤후의 말을 믿지 못하겠는지 직접 손목시계를 보며 시간까지 확인하며 어안이 벙벙한 표정으로 침을 꿀꺽 삼켰다.

"그럼… 혹시 들어볼 수 있겠습니까?"

"네."

윤후는 여전히 건조하게 대답하며 방으로 향했다. 그러고
는 마우스를 흔들어 모니터를 켜고 고개를 돌려 앤드류를 쳐
다봤다.

"제목은 'Wait'예요."

앤드류는 알겠다는 표시로 고개를 끄덕거리며 노래가 나오
기를 기다렸다. 무슨 노래를 어떻게 만들었기에 가사만 붙이
면 된다고 하는지 궁금했다. 하지만 윤후가 노래는 틀지 않고
갑자기 휴대전화를 만지는 모습이 눈에 들어왔다.

"…뭐 하시는 건지 물어봐도 됩니까?"

"아, 네. 아무나 믿지 말라고 했거든요."

"아무… 나?"

순간 아무나가 되어버린 앤드류는 휴대폰을 들어 자신을
촬영하는 윤후를 어이없다는 얼굴로 쳐다봤지만, 윤후는 전
혀 개의치 않고 앤드류를 촬영하더니 마우스에 손을 올렸다.

"제목은 Wait. 앤드류 씨, 처음 듣는 거 맞죠?"

"네, 맞습니다."

윤후는 그제야 노래를 재생시켰고, 앤드류는 정신을 차리
고서 노래에 집중했다. 처음은 기타 하나로 시작되었다. 상당
히 느릿한 곡임에도 곡이 슬프다는 느낌은 들지 않았다. 드럼
과 피아노가 더해져 기본 악기만으로 연주하고 있었다. 그럼

에도 악기들이 서로 화음을 이루고 조화가 되자 느린 곡임에도 구성이 꽉 찬 것처럼 느껴졌다.

이상한 곡이었다. 지금까지 들어본 곡과는 느낌이 달랐다. 느린 곡임에도 슬프지도 않고 지루하지도 않았다. 코러스가 들어가는 부분에서는 왠지 모르게 가슴이 두근거리면서 설레기도 했다. 앤드류는 가사도 없는 곡임에도 곡이 주는 느낌을 분명히 어디선가 느껴본 것만 같았다. 곡이 끝났지만 도대체 어떤 느낌인지 생각이 안 나 답답해 생각에 잠겼다. 그때 휴대전화에 도착한 메시지 알림 음 덕분에 정신을 차렸다.

[아빠, 도착했어? 선물은? 기다리니까 빨리 와!]

딸에게 온 메시지를 확인한 앤드류는 가볍게 미소를 지으며 답장을 보내려다 말고 천천히 고개를 들어 윤후를 쳐다봤다. 딸이 보낸 메시지를 보고서야 어떤 감정인지 알았다. 마치 '돈 벌어올 테니까 그때까지 기다리고 있어'라고 말하는 듯했다.

"그 Wait가… 그런 거였어?"

앤드류는 어이없다는 얼굴로 윤후를 쳐다봤다. 그래서 곡이 슬프지도 않았고, 코러스에서 느껴진 감정은 분명 기다리는 사람들에게 가는 것일 거라고 생각했다. 미국에 온 지 얼마나 됐다고 벌써부터 갈 생각을 하는 윤후였고, 앤드류는 그런 윤후를 물끄러미 쳐다봤다. 불과 몇 시간 만에 듣는 사람으로 하여금 감정이입을 할 수 있는 노래를 만들어 버렸다. 이미 윤후에 대해 조사를 충분히 했다고 생각했는데 전혀 그렇지가 않았다. 도대체 왜 이런 사람을 한국에서는 그냥 하고 싶은 대로 내버려 뒀을까 고민하기 시작했고, 자신이 알지 못하는 이유가 있는 건가 생각할 때 열려 있는 방문을 노크하는 소리가 들렸다.

"앤드류, 오늘 이상한데요? 풉."

"아, 아닙니다. 후 씨의 곡을 들어보느라······."

은주가 방으로 들어서며 앤드류를 보며 웃었다. 앤드류와 자주 마주치진 않았지만 항상 사무적으로 대하던 느낌이었다. 그래서 지금 앤드류의 붉어진 얼굴이 재밌다고 느껴졌다.

"무슨 곡인데요? 윤후 군, 나도 들려줄 수 있어요?"

"네."

은주의 말에 다시 노래를 재생시키는 윤후의 모습에 얼굴을 찡그렸다. 자신에게 들려줄 때는 동영상까지 촬영하더니 지금은 아무런 행동도 없이 곡을 재생시켰다. 혼자만 아무나가 되어버린 것 같았다.

곡이 끝나자 은주가 박수를 치며 입을 열었다.

"좋아요! 와, 우리 윤후 군, 정말 천재네?"

"감사합니다."

부정하지 않는 윤후의 모습에 은주는 미소를 지었다. 그리고는 놀려주려는 듯 코를 찡긋거리며 검지를 들어 좌우로 흔들었다.

"그래도 나한테는 빈센트가 최고!"

"저도 빈센트 좋아해요."

그러자 옆에서 듣고 있던 앤드류가 궁금해하는 얼굴로 대화에 끼어들었다.

"빈센트가 어떤 곡인가요?"

"저번에 크리스티안 씨한테 들려준 곡이요."

"아, 그 연주곡?"

대수롭지 않게 고개를 끄덕거리는 윤후였고, 앤드류는 역시 동의한다며 고개를 끄덕거렸다. 그러자 은주가 기쁘다는 듯이 미소를 지으며 앤드류를 쳐다봤다.

"앤드류도 들어봤어요? 어때요?"

"좋습니다. 확실히 좋더군요. 제가 후 씨에게 연주곡으로 앨범을 제작하자고 했지만 거절당했습니다. 다른 분과 같이 작업하셨다고 하더군요."

은주가 저 말이 진짜냐는 얼굴로 윤후를 쳐다보자 윤후가 고개를 끄덕였다.

"아저씨랑 같이 만든 곡이잖아요. 그리고 곡 주인은 아줌마고요."

"어이구, 고맙기도 해라. 그래서 안 한다고 그랬어요?"

"네."

은주는 윤후의 옆으로 가서 앉더니 손을 내밀어 윤후의 손을 잡았다. 그러고는 말없이 윤후의 손을 쓰다듬었다. 남편이 남기고 간 선물을 완성시켜 준 것도 모자라 자신의 곡이라고 말했다. 보통 사람이라면 한 번쯤 사용했으면 하는 의도를 내비칠 만도 한데 윤후는 전혀 그렇지 않았다. 은주는 윤후를 물끄러미 쳐다보다 미소를 지으며 입을 열었다.

"난 라디오에서도 듣고 싶은데? 곡 설명할 때 그럴 거 아니에요?"

은주는 자신을 쳐다보는 윤후에게 윙크를 하고 말을 이었다.

"곡이 나올 때마다 사랑하던 사람을 위해 만든 곡이라고 설명할 거 아니에요?"

"아……."

곰곰이 생각하던 윤후가 은주의 얼굴을 보며 고개를 끄덕였다. 곡 주인을 은주라고 생각하는 윤후이기에 은주의 뜻에 따를 생각이다.

"피아노 연주할 수 있으세요?"

"푸흡, 하하! 아니, 나보러 연주하라고요?"

"그럼요?"

"윤후 군이 해줘야죠. 같이 만들었는데. 안 그래요?"

"제가요?"

옆에서 지켜보던 앤드류는 심각한 얼굴로 대화를 이해해 보려 애썼다. 빈센트란 곡에 대해선 알겠는데 왜 은주의 곡이라는 건지 이해가 되지 않았다. 자신이 알고 있는 은주는 회사에서 관리하는 MFB 스튜디오의 원래 주인이라는 것뿐 전혀 음악에 관계되어 있는 사람이 아니었다. 한참을 생각해도 답이 나오지 않는지 앤드류는 조심스럽게 두 사람의 대화에 끼어들었다.

"혹시… 공동으로 작곡하신 분이 미세스 조이신 겁니까?"

"뭐요? 풉."

은주는 앤드류의 표정을 보며 웃음을 참았다. 연신 윤후와 자신을 번갈아 쳐다보더니 말도 안 되는 말을 뱉었다. 은주는 한참이나 크게 웃었고, 숨을 가다듬고서야 설명했다. 남편이 남긴 곡을 윤후가 완성시켜 줬단 얘기를.

그제야 모든 상황을 이해한 앤드류는 아쉽지만 포기하려 했다. 탐이 나긴 했지만 죽은 남편이 남기고 간 선물을 이용할 만큼 염치가 없진 않았다. 더군다나 은주는 회사와 관련이 있는 사람이었다. 그때, 말없이 한참을 생각하던 윤후가 입을 열었다.

"그럼 어떻게 해요? 아줌마 이름으로 앨범을 내야 해서 제가 연주할 수도 없는데요."

그러자 은주가 심각할 정도로 생각에 빠져 있는 윤후의 등을 두드리며 말했다.

"왜 내 이름으로 내요? 윤후 군 앨범에 살짝 실으면 안 돼요?"

"흠……."

잠시 생각하던 윤후는 앤드류를 쳐다봤다.

"그래도 돼요?"

앤드류는 말없이 고개를 빠르게 끄덕거렸고, 앤드류의 모습에 은주는 또다시 배를 잡고 웃었다.

Chapter 7
에릭? 제임스?

콜린은 회의를 마치고 보고하기 위해 자신을 찾아온 앤드
류의 말을 아무런 말도 없이 듣기만 했다.

윤후의 팀에게 넘어간 일이기에 앤드류가 직접 보고할 필요
가 없었다. 그런데 어쩐 일인지 한국에 다녀와 휴가를 줬음에
도 회사에 나와 직접 보고하고 있었다.

"현재 세션은 섭외 중입니다."

"그래. 그런데 아직 곡이 전부 나온 건 아니라며?"

"맞습니다. 하지만… 지금 당장 나와 있을 수도 있습니다."

콜린은 직접 윤후의 실력을 봤기에 앤드류의 말을 이해했

다. 그럼에도 앤드류는 약간 들떠 있는 목소리로 설명을 이었다.

"후 씨는 지금도 작업하고 있을 겁니다. 제가 직접 봤으니까. 그렇기에 언제 녹음을 시작할지 모릅니다. 그래서 준비를 해야 합니다. 일단 우선적으로 섭외할 세션들은 작성해 됐습니다."

그러자 콜린은 서류를 넘겨 세션이 적힌 목록을 찾았다. 그러고는 어이없다는 얼굴로 앤드류를 쳐다봤다.

"이 사람들을 전부 섭외하겠다고?"

"네, 맞습니다. 저희와 계약이 되어 있는 사람들도 있고 아닌 뮤지션도 상당합니다."

"그래도 너무 과하네. 피아노도 재즈, 클래식, 이렇게 나눌 필요가 있나?"

"저희가 조사해 본 바에 의하면 후 씨가 어떤 장르의 곡을 만들지 예상할 수 없습니다. 보시다시피 전부 내로라하는 세션들입니다. 그렇기에 지금 미리 구해놓지 않으면 어떻게 될지 알 수 없습니다. 그리고 그 정도의 투자는 당연하다고 생각합니다."

콜린은 지금 투자 유치 설명을 듣는 건지 윤후의 앨범 계획을 듣는 건지 헷갈릴 정도였다. 앤드류의 저런 모습도 오랜만이었다.

"그리고 죄송합니다만⋯⋯."

앤드류는 잠시 콜린을 쳐다보곤 마음을 굳혔다는 듯이 말했다.

"제가 후 씨의 팀을 맡겠습니다. 지금 제가 보고 있는 업무는 올슨에게 인계하도록 하겠습니다. 괜찮겠습니까?"

"괜찮겠어? 그쪽 업무에서 손 뗀 지 오래됐잖아. 너무 성급하게 굴지 말고 천천히 생각해 보자고."

"충분합니다. 제가 맡겠습니다."

처음에 관리하기 어려울 거라던 평가와는 다른 앤드류의 모습이었다. 무엇이 차가운 앤드류를 불이 붙게 만들었는지 궁금해진 콜린은 직접 윤후를 찾아가 봐야겠다고 생각했다. 그때, 보고를 마친 앤드류가 나가려다 말고 고개를 돌렸다.

"보스, 혹시⋯ '빈센트'라는 곡 들어보셨습니까?"

콜린은 그제야 앤드류가 왜 저렇게 변했는지 알 것 같았다.

＊　　　　＊　　　　＊

한편, 앤드류의 생각과 달리 윤후는 곡 작업을 하는 것이 아니라 은주와 함께 거실 소파에 앉아 있었다.

별다른 대화도 없이 무릎 위에 노트북을 올려두고 화면에 보이는 사진을 넘겨 보고 있었다. 윤후가 하루 종일 앨범 사진을 확인하는 탓에 은주는 지쳤는지 눈을 비비며 기지개를 켰다.

"제임스란 사람을 왜 그렇게 찾으려는 거야?"

"흠, 음악 감독 아저씨처럼 저한테 소중한 사람이에요."

"그래? 그 사람이 누구하고 친하게 지낼 사람은 아닌 것 같던데……."

윤후는 어색하게 웃었다. 언젠가는 말을 해야 했다.

영혼들의 가족인 경비 할아버지, 제이, 그리고 아줌마에게 말을 해야 했지만 어떤 식으로 할지 몰랐다.

오히려 연관이 없으면 대부분 믿지 않았기에 김 대표에게 말한 것처럼 좀 더 쉬웠을 수도 있다. 하지만 당신의 남편이 내 안에서 십 년이라는 기간 동안 함께 생활했다라고 말한다면 어떻게 생각할지 몰라 겁부터 났다.

혹시 십 년 동안 안에 갇혀 지내게 한 자신을 미워하진 않을까 하는 생각에 고민이 되는 윤후였다.

말이 없는 윤후의 모습에 은주는 고개를 갸웃거리곤 피식 웃었다.

"뭐 그 사람도 좀 특별했으니까… 윤후 군도 특별하니까 잘 맞았을지도 모르겠네. 아, 기다려 봐요. 제임스가 직접 찍어준 사진 가져올게요. 저번에 봤죠? 거실에 걸려 있던 사진. 그거 가져왔거든요."

은주는 바로 일어서더니 현관문을 나섰다. 그러고는 얼마 지나지 않아 액자를 통째로 가져왔다.

"아이고, 무거워라!"

윤후는 엄살을 피우는 은주에게 액자를 받아 테이블에 올려놓았다.

그러고는 곧장 사진부터 살펴보기 시작했다. 오랜만에 보는 음악 감독 아저씨의 모습에 미소를 지으며 사진을 구석구석 살폈다.

하지만 제임스가 찍었다는 느낌만 있지 다른 인물 사진에 비해 특별한 부분은 없었다. 제임스를 모르고 있었다면 아마 제임스가 찍었는지도 모르고 넘어갔을 만한 사진이었다.

윤후는 한참이 지나도록 조그만 흔적이라도 찾아보려 사진에서 눈을 떼지 못했다. 그러자 은주가 못 말린다는 듯 윤후를 보고 웃을 때, 누군가가 벨을 눌렀다.

딩동.

"누구지? 앤드류인가? 내가 나가볼게요."

은주는 급하게 소파에서 일어서며 밖으로 나가려 했고, 그러다가 그만 액자를 건드리고 말았다. 놀란 윤후는 급하게 액자를 들어 올렸다.

다행히 카펫이 깔려 있어 액자가 깨지진 않았고, 은주도 놀랐는지 가슴을 쓰다듬고는 괜찮다는 듯 손을 들어 올렸다.

"깜짝 놀랐네. 일단 문부터 열어줄게요."

은주가 방문한 사람을 확인하러 나간 사이 윤후는 액자에 이상이 없나 이리저리 살펴봤다.

다행히 유리로 되어 있는 앞부분은 이상이 없었고, 액자의 뒷부분을 확인할 때 익숙한 목소리가 들려왔다.

"저 왔습니다, 후 씨."

은주의 예상대로 앤드류였고, 윤후는 앤드류의 인사에도 액자의 뒷부분에서 시선을 떼지 못했다. 그러자 앤드류가 무슨 일이냐는 듯 은주를 쳐다봤고, 은주도 말없이 어깨만 으쓱거렸다.

한참을 액자의 뒷부분을 살펴보고 있던 윤후가 고개를 들어 은주를 바라봤다.

"혹시… 액자도 제임스가 만들어준 거예요?"

"그건 잘 모르겠는데. 아마도 그럴걸요? 처음 그대로니까."

"아……."

앤드류는 여전히 멍하니 서 있었고, 윤후는 다시 액자의 뒷부분을 쳐다봤다. 그러고는 다시 고개를 들고 입을 벌린 채 멍하니 창밖을 쳐다봤다.

그러자 은주가 옆으로 다가와 윤후가 보고 있던 액자의 뒷면을 살펴봤는데 오른쪽 구석에 아주 작은 글씨가 쓰여 있었다.

P. P by Eric J.

"Eric J? 이 사람이 제임스야?"

윤후는 대답을 하지 못할 만큼 어이가 없었다. 도대체 왜 지금까지 제임스 아저씨의 이름을 에릭이 아닌 제임스로 알고 있었는지 생각했다.

분명히 풀 네임을 알고 있었다. 에릭 제임스.

지금껏 제임스라고 부른 이유는 두말할 것도 없이 다른 영혼들 때문이었다.

딘과 함께 부를 때 제임스 딘이라고 부른 탓에 아예 에릭이 아닌 제임스가 되어버렸다. 그래서 아무렇지도 않게 제임스라고 불렀고, 지금까지 전혀 위화감 없이 제임스라고 생각했다.

한국으로 치면 윤후 자신에게 '오'라고 부른 경우가 되어버렸다.

"하……."

만약 에릭에 대한 단서를 얻어 찾기 시작했을 때 제임스를 찾는다고 했다면 모른다고 했을 수도 있는 상황이었다.

하지만 다행히도 아직 에릭 제임스에 대해 아는 사람을 만난 적이 없었다.

찾는 데는 별 도움이 되지 않았겠지만, 그저 어이가 없을 뿐이다. 그에 한참을 창밖을 쳐다보던 윤후는 정신을 차리고 다시 액자 뒤에 적힌 글을 확인했다.

그러나 휴대폰으로 검색을 해봐도 전혀 알 수가 없었다.

윤후는 어디론가 급하게 전화를 걸었다.

"여보세요?"

―…네.

"바쁘세요? 앤드류 씨, 혹시 P. P라는 사진관 아시나요?"

윤후는 다짜고짜 질문을 던지며 대답을 기다렸는데 전화가 끊겨 버렸다.

전화를 보며 인상을 쓰곤 다시 전화를 걸 때, 옆에서 대답이 들려왔다.

고개를 돌려보니 붉어진 얼굴로 고개를 숙이는 앤드류가 눈에 들어왔다.

"어? 언제 오셨어요?"

"…아까 왔습니다."

은주는 새어 나오는 웃음을 참지 못해 큭큭거렸고, 아무나에 유령 취급까지 받은 앤드류는 붉어진 얼굴로 다시 인사했다.

"죄송해요. 몰랐어요. 앉으세요."

윤후의 정중한 인사에 앤드류는 헛기침을 하곤 소파에 앉았다.

그러자 윤후가 곧바로 액자의 뒷면을 손가락으로 가리켰다.

"혹시 P. P 사진관이라는 곳 찾을 수 있나요?"

"네, 찾아보겠습니다."

에이전시 특성상 매니지먼트와 다르게 회사에 불이익이 오지 않는 이상 연예인의 사생활에 대해 터치하지 않았다.

그리고 무엇보다 윤후가 무엇을 하려는지 궁금한 앤드류는 윤후가 가리키는 액자 뒷면을 유심히 쳐다봤다.

"스튜디오에서 P. P라고 하면 People Picture? Person? 뭐 그 정도 되겠군요. 인물 사진 위주로 촬영하는 스튜디오일 테고요."

"아……."

윤후는 놀랍다는 듯이 앤드류를 쳐다봤고, 지금껏 윤후에게서 그런 시선을 처음 받아본 앤드류는 머쓱한지 목을 가다듬었다.

"큼. Eric J? 성도 알고 계십니까?"

"네. 제임스요."

앤드류가 알 리 없겠지만 윤후는 곧바로 대답했다.

앤드류는 알겠다는 듯이 고개를 끄덕이곤 휴대폰을 만지기 시작했다. 그러자 윤후가 급하게 지금이 아니라 십 년 전이라고 설명했고, 앤드류는 알았다는 듯이 고개를 끄덕이곤 다시 메시지를 보냈다.

"찾아보라고 부탁했으니 연락이 올 겁니다."

"감사해요."

"후후, 아닙니다. 그것보다 드릴 말씀이 있어서 찾아왔습니다."

"아, 그리고 누구인지는 모르는데 유명한 가수와 작업을 오래했다고 들었어요. 맞죠?"

윤후가 은주에게 확인차 다시 물었다. 은주가 고개를 끄덕이자 앤드류는 알겠다고 말하곤 다시 메시지를 보냈다.

"다 됐습니까?"

"네."

"그럼 제가 말을 해도 되겠습니까?"

윤후가 고개를 끄덕이자 앤드류가 가방에서 서류를 꺼내며 윤후에게 건넸다.

"내일 오후 3시에 저희가 준비한 팀이 방문할 예정입니다."

"네."

"네. 그럼 내일 출발 전에 다시 연락드리겠습니다. 그리고 제가 드린 것 좀 보시죠. 세션 목록입니다. 어떤 곡을 쓰실지 몰라 미리 준비했습니다. 그리고 여기 USB에는 폴더별로 세션들의 연주 영상이 담겨 있습니다. 90% 이상 영상이 있으니 참고하시면 됩니다. 참고로 전부 내로라하는 세션들이니 마음에 드실 겁니다."

"네. 감사해요."

"아닙니다. 할 일을 하는 겁니다. 작업하시면서 필요한 게 있으면 저한테 직접 말씀하시면 됩니다. 제가 앞으로 후 씨의 팀을 맡게 됐습니다."

앤드류는 기대도 하지 않았지만 막상 아무런 반응도 없이 고개를 끄덕이자 멋쩍은 듯 웃었다.

*   *   *

다음 날.

윤후의 부탁으로 이리저리 알아보고 있던 앤드류는 늦은 시간까지 회사에 남아 있었다.

낮에 윤후의 팀과 방문했을 때도 자신을 보자마자 대뜸 찾았느냐고 물었다. 그러고 나서 찾아보겠다고는 했지만, 실망한 윤후의 모습을 봤기에 회사로 오자마자 자신이 직접 스튜디오를 찾고 있었다.

미국 내에 P. P라는 이름을 가진 스튜디오가 생각보다 상당했다. 하지만 유명 가수가 촬영했다는 곳을 찾다 보니 조건에 맞는 곳이 딱 한 곳 있었다.

LA에 있는 배우들의 프로필을 주로 찍는 스튜디오였다.

이곳이라는 확신을 가진 앤드류는 확인차 전화를 걸었다.

"실례지만 P. P 스튜디오가 맞습니까?"

ㅡ네, 맞아요.

"여기는 MFB 에이전시입니다. 저희가 알아본 바로는 꽤 오랫동안 스튜디오를 운영하셨더군요."

ㅡMFB요? 네, 그렇긴 한데… 잠시만요. 다른 분 바꿔 드릴게요.

"아닙니다. 잠시 확인할 것이 있어서 전화 드린 겁니다."

ㅡ아, 제가 스튜디오 설치팀이라서 아무것도 모르거든요. 금방 바꿔 드릴게요.

앤드류는 어쩔 수 없이 전화에서 대답이 들리기를 기다렸다. 한참이 지나서야 기다리라고 말한 사람이 숨을 헐떡이며 말했다.

ㅡ헉헉, 어떡하죠? 지금 스튜디오에 아무도 안 계신데…….

"음, 실례지만 지금 전화받는 분은 그곳에서 얼마나 일하셨나요?"

ㅡ전… 오래되긴 했는데…….

"다행이네요. 그럼 혹시 십 년 전에 에릭 제임스란 분이 그곳에서 일하셨는지 알 수 있을까요?"

ㅡ…….

앤드류는 갑자기 아무 말도 들리지 않아 전화기를 확인했다. 그런데 순간 통화가 끊겨 버렸다. 그에 인상을 찡그리며 다시 전화를 걸었지만 신호음만 갈 뿐 연결이 되지 않았다.

＊　　　＊　　　＊

"야, 론! 뭐 해? 내일 촬영 때까지 설치 마치려면 빨리빨리 움직여!"

"아, 네."

론이라는 사람에게 지시를 내린 사람은 옆에 있는 동료에게 론을 향해 고갯짓을 하며 말했다.

"쟤는 뭐 하려고 채용한 거야? 저렇게 멍청한데. 왜 저렇게 소심하나 몰라."

"누가 아니래. 망치질 하나 제대로 못하는데 무슨 설치팀에서 일한다고."

론은 바로 옆에서 하는 소리를 들었을 만도 하건만 여전히 멍한 얼굴로 움직였다.

내일 오전에 있을 촬영이 실내 촬영이었고, 촬영 콘셉트가 위에서 내려다보는 형태로 찍어야 하기에 론은 높이가 꽤 있는 받침대에 오르고 있었다.

받침대에 오르면서도 조금 전에 받은 전화를 생각하느라 정신이 없었다.

'빚이 남았나? 그럴 리가 없는데… 왜 찾는 거지?'

짧은 머리를 긁적이며 받침대의 설치가 제대로 되었는지 확인했다.

"야, 론! 다 확인했으면 내려와!"

"아, 네."

론은 밑에서 부르는 소리에 알았다고 대답하고는 받침대에서 내려가려 했다. 임시로 만들어둔 계단을 내려오던 론은 여전히 걸려온 전화에 온 신경이 쏠려 있었다.

'전화를 다시 해봐? 아빠랑 아는 사람일 수도 있는데······.'

생각을 너무 깊게 탓인지 론은 꺾어 내려가야 할 계단에서 그만 직선으로 걸었다.

"야야! 론! 야!"

론은 그제야 정신을 차렸지만 이미 한 발이 공중에 붕 떠 있는 상태였다.

*   *   *

병실 침대에 누워 있는 론은 자신을 노려보고 있는 남자의 눈을 피해 벽을 바라봤다.

남자는 아무런 말도 하지 않고 팔짱을 낀 채 론에게서 눈을 떼지 않았다. 그때, 누군가가 병실에 들어와 남자에게 말했다.

"작가님, 다 처리됐습니다. 내일 오전에 퇴원하는 걸로 했습니다."

"수고했어요."

남자가 말하자 론은 고개를 돌리고 작가라는 남자를 조심스럽게 쳐다봤다.

"지금 가도 괜찮은데요."

"그냥 있어라."

작가는 일 처리를 하고 온 사람을 쳐다보며 말했다.

"병실엔 제가 있을 테니 앤더슨은 이만 가보세요. 고생하셨습니다."

"네. 그럼 내일 뵙겠습니다."

"내일도 제가 데리고 가겠습니다. 스튜디오에서 뵙죠."

앤더슨이라는 사람이 인사를 하고 병실을 나가자 작가라는 남자는 론을 물끄러미 쳐다봤다.

론을 아주 어릴 적부터 봐왔지만 언젠가부터 자신을 어려워하고 있었다.

신경을 쓰고 있다고 생각했건만, 점점 거리를 두는 론이었다. 그는 깁스를 하고 있는 론의 다리를 가만히 쳐다보며 조그맣게 한숨을 내쉬었다.

"론, 당분간 집에 있어라."

"네? 왜요?"

"네 다리 상태를 봐. 이래서 일할 수 있겠어? 내 말대로 집에 있어. 월급은 나갈 테니."

"아니에요. 월급은 안 주서도 돼요."

"그리고 다리 나으면 그 일은 그만둬. 지금이라도 늦지 않았으니까 사진 배워라."

"아, 아니에요. 지금까지 로버트 씨가 많이 도와주신 것만으로 충분해요. 저도 성인이잖아요. 제가 알아서 해볼게요."

내뱉는 말과 다르게 겨우 들릴 만한 론의 목소리에 로버트라는 작가는 답답한지 한숨을 내뱉었다.

론을 아주 어릴 때부터 봐왔다. 론의 아빠인 에릭과 엄마인 줄리아가 자신의 동료이자 스승이었다.

사진작가 부모 밑에서 자란 영향 탓인지 어린 시절부터 카메라를 항상 목에 메고 다니던 론이다. 론이 열 살이 되던 날 있어서는 안 되는 일이 일어났다.

그 당시에도 병원에 있던 에릭과 생일 파티를 하려고 줄리아와 병원으로 향하던 중 그만 교통사고가 일어났고, 줄리아가 그 일로 세상을 떠나고 말았다.

그때부터 모든 일이 자신 때문이라고 생각하는 듯 웃음이 예쁘던 론의 얼굴에는 미소 대신 그늘이 생겼다.

그런 론의 위탁 부모가 된 로버트는 물끄러미 론을 바라보고는 조심스럽게 입을 열었다.

"그런데 아침에 이상한 전화를 받았다."

론은 혹시 어젯밤 자신이 받은 전화와 같은 내용이 아니었는지 조심스럽게 로버트를 바라봤다.

"너희 아버지가 스튜디오에 있었냐고 묻더구나."

"그래서요?"

"너희 아버지하고 어머니, 내가 키운 스튜디오니까 당연히 있었다고 했지."

그 당시에는 그렇게 크지 않은 스튜디오라는 것을 론도 알고 있었다.

하지만 언제나 함께 키웠다고 말해주는 로버트에게 고마웠다. 성인이 될 때까지 자신을 돌봐주는 것은 물론이고 하고 싶은 일을 할 수 있게 도움을 주고 있었다.

"일단은 네 의견을 묻고 싶어서 연락처만 받아둔 상태다."

"네……."

"에릭을 어떻게 알고 연락했는지는 모르겠어. 네가 궁금하면 직접 물어보든가 해라. 연락처는 아까 휴대폰에 저장해 뒀으니까. 이름이 Who라고… 가수라고 하더라."

로버트는 연락을 안 할까 불안한지 평소답지 않게 자세하게 설명했다.

자신도 궁금하긴 했지만 무엇보다 론이 에릭을 아는 사람을 직접 만나 에릭에 대한 얘기를 들으며 좀 더 편안해지길 바라는 마음이 컸다.

                    *   *   *

앤드류는 윤후를 알게 된 이후로 처음으로 윤후의 반짝이는 눈빛을 받고 있었다. 고생은 좀 했지만 윤후의 얼굴을 보니 나쁜 기분은 아니었다.

"그럼 여기에 있었다는 거예요?"

"네. 확실합니다. 확인까지 했고요. 다만 지금 병원에 있다는 연락을 받았습니다."

그러자 윤후가 커진 눈으로 자리에서 벌떡 일어섰다.

"왜요? 어디가 아파요? 어디 병원인데요?"

"아, 그런 건 아닙니다. 진정하시죠. 일하는 도중 약간 다쳤다고 들었습니다. 그쪽에서 얘기를 해보고 전화 준다고 해서 전화번호는 따로 받지 못했습니다. 그리고 제 연락처와 후 씨의 휴대폰 번호를 가르쳐 줬는데 괜찮으십니까?"

"아, 네."

다행이라는 듯 다시 자리에 앉는 윤후였고, 그런 윤후의 모습에 앤드류는 항상 무표정으로 다니는 윤후에게 도대체 에릭이라는 사람이 누구이기에 저런 모습을 보이게 만드는지 궁금해졌다.

"그럼… LA에 있는 건가요?"

"네, 맞습니다."

"그럼 제가 직접 LA로 가도 될까요?"

"네, 당분간 정해진 일정이 없으시니 문제없습니다. 그럼 내일 출발할 수 있도록 준비하겠습니다."

안 된다고 할까 걱정스럽던 윤후는 시원하게 대답하는 앤드류의 말에 고개를 숙여 인사를 건넸다.

제임스의 가족을 만난다고 생각하니 벌써부터 가슴이 두근거렸다. 무슨 말을 어떻게 꺼낼까, 어떤 식으로 자신을 설명해야 할까 머릿속으로 연습했다.

그러던 중 문득 떠오르는 생각이 있었다.

앤드류에게 질문하려 하니 자신을 유심히 관찰하듯 쳐다보고 있다.

"흠, 저기 앤드류 씨, 혹시 아들이라는 분……."

"네."

"가족이 없나요?"

"네, 맞습니다. 어떻게 아셨습니까? 제가 통화한 사람이 그 아들이라는 분을 보살핀 분이셨습니다."

앤드류의 대답을 듣고 난 윤후는 역시 하는 생각에 고개를 끄덕였다. 영혼들 모두 남아 있는 가족 하나 없이 세상에 혼자인 사람들이었다. 바로 옆집에 있는 은주만 해도 혼자였다.

그러고 은주를 비롯해 제이나 경비 할아버지 모두 혼자였다.

그리고 그들 모두 자신에게 도움이 되고 있었다. 그런 생각
이 들자 윤후는 내심 그들에게 미안해졌다.

남아 있는 제임스와 딘이 남겨놓은 것이 무엇일까 하는 생
각에 빠져 정작 옆에 영혼들이 남겨준 소중한 인연을 생각지
못했다는 것을 깨달았다.

그러고 보니 아빠뿐이던 자신에게 가족이 생긴 셈이다. 할
아버지, 형, 아줌마, 그리고 지금 만나게 될 사람을 자세히는
모르겠지만 제이처럼 형이라고 생각되었다.

그래서인지 제임스 아저씨가 무언가를 남겼을까보다는 아
들이라는 사람에 더 신경이 쓰이는 윤후였다.

＊   ＊   ＊

다음 날.

작은 아파트의 침대에 누워 있던 론은 땀을 뻘뻘 흘리며 일
어났다.

매일은 아니지만 자주 꾸는 꿈이었다. 피투성이가 되어 자
신을 안는 엄마의 모습, 그리고 엄마에게 안겨 있는 자신을 멀
리서 지켜보는 아빠.

하지만 아빠의 눈은 언제나 차가웠고, 모든 게 네 책임이라

고 말하는 원망의 눈빛이었다.

깁스한 다리를 움직여 식탁에서 물을 따라 마신 론은 그제야 숨을 몰아쉬곤 벽에 걸려 있는 사진을 쳐다봤다.

가족사진이지만 가족사진이 아니었다. 아빠는 사진을 촬영했고, 사진 속에는 엄마와 자신이 웃고 있었다. 아빠가 없는 것이 아쉽기는 했지만, 한편으로는 다행이라고 생각했다.

아마 사진 속에 아빠가 있었더라면 사진을 걸어두지 못했을 것 같았다.

로버트의 말대로 집에 있어야 하는 론은 정신을 차리고 책상에 앉아 책을 펼쳤다. 사진은 찍으려고도 하지 않으면서 론이 보고 있는 것은 사진의 개론이 담긴 책이었다.

얼마나 읽었는지 딱딱한 겉표지가 다 해져 보일 정도였다.

한참 책을 들여다볼 때 로버트에게서 전화가 왔다.

성인이 되고 혼자 살게 된 이후로 로버트가 자주 전화를 하지 않았기에 자신의 실수로 걱정을 끼친 것 같아 미안한 마음과 고마운 마음으로 전화를 받았다.

—론, 집이니?

"네, 집이에요. 저… 걱정 안 하셔도 돼요. 잘 쉬고 있어요."

—그래, 그게 아니고… 지금 스튜디오에 누가 찾아왔다.

"누가요?"

—병원에 있을 때 내가 말했지? 그 사람이 직접 스튜디오로

찾아왔어.

론은 너무 갑작스러워 대답을 하지 못했다.

한동안 말이 없었음에도 로버트는 재촉하지 않고 기다렸다. 그러자 한참이 지나서야 말소리가 들렸다.

—론, 힘들면 거절해도 된단다.

"……"

론은 고민되었다. 아빠를 알고 있다는 사람을 만나보고는 싶었지만, 어떤 말이 나올까 겁도 났다. 그에 어떻게 해야 하나 고민할 때, 전화 너머에서 이상한 말이 들려왔다.

—MD 앤더슨 병원에서 만난 자폐증 아이 얘기를 들어봤는지 물어봐 주시겠어요?

전해 듣지 않아도 들렸지만, 론은 무슨 소리를 하는지 알 수 없었다. 그런 얘기를 들어본 기억이 없었다. 하지만 아빠라면 만났다 하더라도 말을 안 했을 것이다. 언제나 그런 것처럼.

그에 동해서인지 론은 떨리는 가슴을 진정시키며 대답했다.

"알았어요. 집은 그렇고 제가 스튜디오로 갈게요."

—아니야. 내가 데리러 가마.

"아니에요. 그럼 같이 오세요. 집 근처 카페에서 봬요."

론은 전화를 끊고 나서도 고민이 되는 듯 벽에 걸린 사진을 들여다봤다.

　　　　　*　　　　　*　　　　　*

　대형 밴을 타고 이동 중인 윤후는 약간 불편한 얼굴이었다. 아직 미국에서 유명하지도 않은데 앤드류의 행동이 너무 과했다. 같은 차에 타고 있지는 않지만, 옆에 따라오는 차에 경호원이 네 명이나 붙었다.

　윤후는 조수석에 타고 있는 앤드류를 불렀다.

　"앤드류 씨, 조용히 만나고 싶은데 안 될까요?"

　앤드류는 룸미러로 윤후를 쳐다보곤 잠시 어디론가 전화를 하더니 곧바로 입을 열었다.

　"멀리서 지켜보라고 했으니 불편하지 않으실 겁니다."

　"…소중한 사람이라서 그래요. 불편해할까 봐."

　"후 씨도 저희에게 소중한 사람입니다. 전혀 불편하지 않게 해드리겠습니다."

　윤후가 결국 알았다는 듯 고개를 끄덕거리며 창밖으로 고개를 돌리는데 옆에 있는 사람이 물었다.

　"에릭을 아신다고요?"

　말투를 보아서는 옆에 있는 사진작가라는 사람도 지금까지 자신이 제임스로 부르던 에릭을 알고 있는 듯했다. 그에 윤후는 에릭이라는 이름이 어색한지 자신도 모르게 피식 웃으며 대답했다.

"네, 잘 알고 있어요."

윤후가 웃으며 대답하자 로버트가 약간 의심스러운 얼굴로 변했다. 자신이 아는 에릭은 일적으로만 본다면 믿음직했지만, 누군가에게 미소를 띠게 하는 사람은 아니었다.

"혹시… 잘못 알고 계신 거 아닌가요?"

"네? 에릭 제임스, 사진작가……."

다른 걸 말하려고 했지만, 언제나 그랬듯이 영혼들에 대해서 아는 게 없었다. 그에 말을 못 하고 있자 로버트가 다시 물었다.

"실례지만 어떻게 알고 계신 겁니까?"

"흠, 사진을 배웠어요."

에릭에게 사진을 배웠다고 보기에는 윤후가 너무 어려 보였다. 지금도 어려 보이는데 그때 당시라면 말할 것도 없었다.

하지만 아까 론에게 전해달라는 말이 유난히 신경 쓰였다.

MD 앤더슨병원이면 에릭이 있던 병원이 맞았다.

자신이 섣부르게 판단한 것인지, 아니면 정말 자신이 아는 에릭을 알고 있는 사람인지 판단이 서질 않았다.

그사이 차는 론과 약속한 카페 근처에 도착했고, 로버트는 일단 만나보고 판단해야겠다고 생각하며 차에서 내렸다. 그러고는 약속한 카페 쪽을 바라보니 테라스에 앉아 있는 론이 보였다. 그리고 그때, 자신보다 먼저 론에게 다가가는 사람이 보였다. 어떻게 론을 단번에 알아보는 건지 서둘러 따라갔고, 윤후가 하는 말이 들렸다.

"와, 눈 밑에 점까지 완전 똑같네."

로버트는 어이가 없어 헛웃음을 지으며 윤후를 쳐다봤다.

론은 에릭을 빼다 박은 듯 닮았고, 윤후가 그걸 아는 걸로 봐서는 자신의 친구이자 스승인 에릭을 아는 것 같았다.

하지만 십 년 전에 봤을 텐데도 마치 얼마 전에 본 사람처럼 말하는 윤후가 신기했다.

론은 자신의 얼굴을 뚫어지라 쳐다보고 있는 윤후의 시선이 부담스러운지 함께 온 로버트를 바라봤다.

"아, 이분이 에릭을 아는 분이시다."

로버트의 말에 윤후는 그제야 자신이 실수했다는 것을 깨닫곤 고개를 숙여 인사를 했다.

"안녕하세요. 오윤후라고 해요."

"네. 론 제임스예요."

론은 고개 숙이는 인사가 어색한지 자신도 가볍게 고개를 끄덕거렸다. 그런데 앞에 있는 사람이 분명 처음 만났음에도 불구하고 자신에게 굉장히 친근하게 굴었다.

"다리를 다치신 거예요?"

"네, 실수로……."

계속해서 시답잖은 질문을 하는 윤후였고, 론은 거기에 맞춰 대답할 뿐이었다.

윤후의 뒤에서 검은 양복을 입은 사람이 눈썹을 씰룩이며 윤후를 신기하다는 듯 쳐다봐서인지 론은 더욱 정신이 없었다.

그리고 한참이나 비슷한 대화가 오가고 나서야 정신을 차린 론은 그제야 윤후의 외모가 눈에 들어왔다.

동양인이 어려 보인다고는 하나 아무리 봐도 자신과 비슷한 또래로 보였다.

론이 말없이 윤후를 쳐다보고 있었기에 대화는 끊겼고, 함께 있던 로버트가 헛기침으로 생각에 잠긴 론을 깨웠다. 그러자 론이 실수를 깨닫고 입을 열었다.

"저희… 아버지를 아신다고요?"

"네, 알고 있어요."

"어떻게 알고 계시는지……."

론은 걱정하던 것과 달리 자신과 비슷한 또래의 남자가 어떻게 아빠인 에릭을 알고 있는 것인지 궁금했다. 자신에게 호의적인 모습과 친근함을 보이는 것으로 봐서는 에릭에게 무슨 말을 들었을지 궁금했다.

한편, 윤후는 LA에 오기 전부터 생각해 두고 있었다. 다들 그랬듯이 영혼들은 지인들에게 자신에 대한 얘기를 했다. 하지만 에릭만은 그러지 않은 듯했다. 워낙 필요한 말만 하는 성격이 여기서 문제가 되었다.

그래서 윤후는 혹시 에릭이 남긴 무언가가 있지 않을까 생각했다. 그렇다면 자신이 알아볼 수 있을 것이다.

기타나 노래, 연주곡. 전부 그랬으니까.

윤후는 고개를 끄덕였고, 에릭이 남긴 무언가로 론에게 확인시켜 주기 위해 질문을 던졌다.

"혹시 제임… 아니, 에릭 아저씨가 남긴 것이 있나요?"

질문을 받은 론은 잠시 골똘히 생각하곤 말했다.

"아니요. 전혀요."

"흠?"

*   *   *

앤드류와 호텔에 있는 윤후는 자신을 경계하는 론의 모습이 떠오르는지 생각에 잠겨 있었다.

막상 에릭에 대한 말을 꺼내려 하니 사진을 잘 찍는다는 것 말고는 다른 할 말이 없었다. 그렇기에 에릭이 남겨둔 것으로 물꼬를 트려 했지만 그것도 생각하던 것처럼 되지 않았다.

왜 에릭만 아무것도 남기지 않았다는 것인지, 론의 말이 사실인지 아니면 론이 숨기고 있는 것인지, 그것도 아니면 남겨둔 것은 있지만 론은 모르고 있는 것인지. 도저히 알 방법이 없었지만, 윤후는 포기하지 않고 지금까지의 경험을 되돌아보며 생각했다.

지금까지 영혼들이 남긴 것들은 전부 자신이 관련되어 있거나 부족한 무언가를 완성시켜야 했다.

그렇기에 에릭이 무엇을 완성시키지 못했을까 하는 생각을 해봤지만, 에릭의 성격상 그런 일은 없을 것 같았다.

그러던 중 혹시나 콜린처럼 로버트라는 사진작가가 알고 있는 것이 있을 수도 있겠다는 생각에 윤후는 급하게 휴대폰을 꺼내 들었다.

─늦은 밤에 무슨 일이십니까?

그제야 시간을 확인한 윤후는 자신이 실수했음을 깨달았지만, 마음이 급해 조심스럽게 용건을 꺼냈다.

"죄송해요. 다름이 아니라… 혹시 에릭 아저씨가 완성시키지 못한 무언가나… 흠……."

말을 하면서도 스스로 이상하다고 느낀 윤후는 잠시 생각하곤 말이 이었다.

"에릭 아저씨의 물건들이… 남아 있나요?"

─흠, 그렇긴 합니다. 뭘 찾고 계시는지 모르겠지만, 에릭이 남긴 거라곤 카메라와 카메라에 담긴 자신의 사진뿐입니다. 특별한 건 없습니다.

윤후는 로버트조차 모르는 것 같은 말에 적지 않은 실망을
했지만, 혹시 모른다는 생각에 에릭이 남긴 사진이라도 보고
싶었다.

"제가 좀 볼 수 있을까요?"

—론이 가지고 있으니 론에게 직접 물어보시죠.

"네. 밤늦게 죄송합니다."

정중하게 사과를 하고 전화를 끊은 윤후는 시간이 늦었기
에 론에게 전화를 하지 않고 생각에 잠겼다. 하지만 도저히
생각이 나지 않아 머리를 휘젓다가 멈추곤 얼굴을 찡그렸다.

소중한 사람들의 소중한 인연에 신경을 쓰려 했지만, 어느
새 에릭이 남긴 물건이 무엇인지만 생각하고 있었다.

물론 궁금하기는 했지만 론을 찾은 이유가 단지 에릭이 남
긴 물건을 찾기 위해서인가 하고 스스로에게 의구심이 들었
다.

그러다 윤후는 고개를 다시 휘젓고는 피식 웃었다.

'있으면 찾게 되겠지.'

윤후는 에릭을 복사해 놓은 듯한 론의 외모를 떠올리곤 침
대에 벌러덩 누웠다. 친해지고는 싶은데 자신의 성격상 먼저
다가가기가 쉽지 않았다.

그렇다고 낮에 만난 론의 소심한 성격으로는 지금까지의
다른 사람들처럼 먼저 다가올 것 같지도 않았다. 그에 윤후는

여러 사람들을 떠올렸다.

인간관계에 너무 적극적인 김 대표와 편하게 만드는 강유, 그리고 질문을 많이 해서 피곤하게 만들지만 그 질문 덕에 자신이 좀 돋보이는 것 같은 느낌을 주게 하는 제이 정도가 적당해 보였다.

대식이야 생각이랑 말이 워낙 다른 탓에 자신도 잘 모르고 넘어가는 경우가 많았고, 루아는 자신과 비슷했기에 애초에 제외했다. 그러고는 혼자 머릿속에서 연습하기 시작했다.

사람에게 먼저 다가가는 연습을.

*   *   *

다음 날. 론은 분명히 자신의 집이건만 몹시 불편한 얼굴이었다. 한국에서 유명한 가수인 데다 미국에서도 곧 데뷔할 예정이라고 들었건만 도대체 왜 좁아터진 자신의 집까지 찾아와 이러고 있는지 이해가 가지 않았다.

게다가 어제 만났을 때와 다르게 말을 상당히 많이 했다. 단지 전부 자신을 걱정하는 질문뿐이었지만.

"왜 그래? 다리 아파? 좀 눕지 그래? 하하!"

같은 나이라는 것을 알고서 더 친근하게 구는 것 같았지만, 친근한 말과는 다르게 표정이 없는 모습이 상당히 이질적이었다. 마치 어린 시절 기억하는, 표정 없는 아빠의 모습처럼 느껴졌다.

게다가 말할 때마다 왜 자꾸 웃는 건지도 이해하기 힘들었다. 그리고 무엇보다 문제는 따로 있었다.

집 안에는 윤후뿐이지만 현관문만 열어도 검은 정장을 입은 사람들이 문 앞에 대기 중이었다.

"후, 그만 가는 게 좋지 않아?"

"왜? 일부러 온 거야. 하하!"

"밖에 계신 분들도 그렇고……."

"아, 어제 본 분이 여기로 오신다고 했거든. 그래서 좀 기다려야 해."

한편, 윤후도 나름대로 진땀을 빼고 있었다. 먼저 다가가는 것이 이렇게 어려운 것이었나 하는 생각이 들었다. 평소의 자신과 다르게 말을 많이 해서인지 피곤함이 배로 밀려왔다. 그에 목을 돌리는데 벽시계 밑에 걸려 있는 사진 하나가 눈에 들어왔다. 론과 론의 엄마로 보이는 여성이 웃고 있는 사진이었다. 그에 사진을 한참 쳐다볼 때였다.

"엄마야. 아빠가 찍어준 사진이거든."

"그래? 왜 에릭 아저씨는 없어?"

"항상 저렇게 찍었어. 아빠가 찍어주고 엄마랑 나는 찍히기만 했어. 저 사진이 아빠가 찍어준 마지막 사진이고."

"흠……"

다시 버릇처럼 짧게 말을 한 윤후는 고개를 끄덕였다. 가족 사진이 있기는 하지만 론처럼 대부분 아빠가 찍고 모델은 엄마와 자신이었다. 그에 미소를 지은 윤후는 휴대폰으로 찍어 둔 사진을 찾아서 론에게 내밀었다.

"너희 아빠도 사진작가셔?"

"아니. 가구 만드셔."

론이 사진을 들여다볼 때 윤후가 손가락으로 가리키며 입을 열었다.

"가운데가 우리 엄마, 그리고 그 앞이 나야. 뒤에 두 사람은 백수 아저씨하고 기타 할배. 다 가족이야."

"아, 그렇구나."

기타 할배의 수첩이 상당히 낡았기에 행여나 잃어버리거나 해질까 걱정되어 사진만 휴대폰에 담고 다니는 윤후였다. 사진을 보고 무언가를 알아챌까 하는 마음에 보여준 것이 아니라, 론에게서 동질감이 느껴졌기에 보여준 것이다.

"오래된 사진이네."

"응. 11년 전이거든."

병원으로 보이는 사진에 론은 그 이상 묻지 않았다. 윤후의 사정을 잘 알지 못하는 론으로서는 그냥 부러운 마음이었다. 자신에겐 로버트와 로버트의 아내인 수잔이 있긴 하지만 고아

나 다름없었다. 그에 부러움을 내색하지 않으며 휴대폰을 돌려줬다.

"우리 엄마도 많이 아팠거든. 그래서 치료 때문에 미국에 왔다가 에릭 아저씨 만난 걸 거야. 아니, 만난 거야."

"아, 그렇구나. 지금은 건강하셔?"

"아, 우리 엄마도 11년 전에 돌아가셨어. 여기 뒤의 분들도."

윤후는 휠체어에 앉은 엄마를 보며 말했고, 론은 그런 윤후를 물끄러미 쳐다봤다. 아마 자신이 사진을 볼 때 저런 얼굴을 하고 있을 것 같았다. 윤후에게 그런 질문을 한 건 미안했지만, 자신과 비슷한 환경이라는 것을 알게 되자 왠지 모르게 가깝게 느껴졌다.

사진을 보느라 윤후가 말이 없자 론의 좁은 방 안에 침묵이 흘렀다. 윤후는 그제야 어색해하며 다시 먼저 입을 열었다.

"에릭 아저씨는 어땠어? 너한테도 그렇게 말이 없었어?"

"응? 아빠는……."

론은 갑작스러운 윤후의 질문에 쉽게 대답하지 못했다. 꿈속의 아빠는 항상 자신을 원망하고 있었다. 분명 어릴 때의 기억이 있지만, 꿈의 기억 때문인지 입을 꾹 다물었다.

한편, 대답을 듣지 못한 윤후는 에릭이 론에게도 똑같이 그랬을 거라 생각하곤 고개를 저었다. 입을 다물고 있는 론의 모습에 윤후는 어색한 미소를 지었다.

"원래 아저씨가 말이 없잖아."

"응……."

"그런데 로버트 씨에게 에릭 아저씨 사진 있다고 들었는데 보여줄 수 있어?"

론도 윤후가 오기 전에 이미 로버트에게 들었다. 그럼에도 여전히 고민되었다. 사진과 카메라뿐인 데다 사진도 대부분이 셀카처럼 찍은 에릭 본인의 사진이 다였다. 그렇기에 사진 속 에릭이 원망하는 것처럼 느껴져 론은 사진을 잘 보려 하지 않았다.

"안 될까? 오랜만에 얼굴 보고 싶은데. 나한테는 사진이 없거든."

잠시 고민하던 론은 주섬주섬 일어나 벽장문을 열었다. 그러고는 상자 하나를 꺼내 윤후에게 내밀고 자신은 여전히 선 채로 입을 열었다.

"커피 줄게. 보고 있어."

윤후는 고개를 끄덕이곤 떨리는 마음으로 상자를 열었다.

상자 안에는 먼지가 쌓이지 않도록 비닐에 포장되어 있는 사진기와 작은 앨범 하나가 다였다.

사진기를 들어 올린 윤후는 뜯어보고 싶은 마음이 컸지만, 함부로 뜯을 수 없기에 아쉬워하며 내려놓았다.

그러고는 조그만 앨범을 꺼내며 숨을 골랐다.

첫 장을 펼치자 론의 벽에 걸려 있는 사진과 크기만 다른 똑같은 사진이 보였다. 다음 장을 넘기자 자신이 제임스라 부르던 에릭이 보였다.

윤후는 비닐로 된 앨범에서 사진을 꺼냈다. 그러고는 혹시 음악 감독 아저씨의 사진처럼 뒤에 메모가 있지 않을까 하는 마음에 뒷면부터 살폈다.

하지만 뒷면에는 날짜 말고는 아무것도 없었다.

상당히 마른 몸의 에릭은 표정 없이 카메라를 응시하고 있었다. 성격상 누가 찍도록 내버려 두지 않았을 테니 타이머를 맞추고 혼자 찍은 것이 분명했다.

사진을 뚫어지라 보고 있던 윤후는 자신도 모르게 웃음을 뱉었다.

'맨날 구도, 구도 하더니 자기 사진은 왜 이렇게 한쪽으로 치우쳤어요.'

차가운 에릭이었지만 막상 사진으로 보니 너무 반가웠다. 그에 사진을 들여다보며 미소 지을 때, 론이 조심스럽게 커피를 건네며 앉았다.

"왜 웃어?"

"아……."

윤후는 자신이 미소 짓고 있는 것도 몰랐는지 얼굴을 한번 쓰다듬고서 사진을 다시 쳐다봤다. 그러고는 앨범을 론에게 돌리며 말했다.

"구도가 중요하다고 그러면서 정작 자기 사진은 한쪽으로 치우쳐 있어서. 타이머로 찍었나 봐."

론은 자신의 아빠를 잘 알고 있는 윤후의 말에 떨리는 마음으로 사진을 쳐다봤다.

오랜만에 보는 에릭의 얼굴이지만, 당장에라도 꿈에서처럼 '모든 게 네 탓'이라고 말할 것만 같아 금방 고개를 들었다. 그러고는 떨리는 손으로 커피를 들었다.

윤후는 론의 행동이 이상하다고 느꼈다. 하지만 론의 사정을 알 리 없는 윤후는 그저 론이 에릭을 그리워해서 그런 것으로 생각했다. 그러고는 앨범을 한 장, 한 장 넘기다 말고 고개를 갸웃거렸다. 한 장이라면 모를까, 모든 사진이 같은 위치였다. 배경만 다를 뿐 에릭은 어째서인지 전부 한쪽으로 치우친 채로 서 있었다.

'이 구도가 좋은 건가? 이상한데?'

다른 사진들도 확인해 가며 한참을 들여다본 윤후는 에릭을 특이한 사람이라고 생각하곤 론을 바라봤다.

"론, 이 사진들, 휴대폰으로 찍어 가도 괜찮을까?"

"어? 응, 그래."

에릭의 사진을 골고루 찍은 뒤에야 앨범을 상자에 담고 상자를 가볍게 쓰다듬었다. 비록 에릭이 자신에게 무언가를 남긴 것은 없는 것 같아 아쉬웠지만 자신에게도 친구가 생겼다. 친하게 지내는 사람은 있었지만, 같은 나이에 친구라고 부르는 사람은 없었다. 비록 지금 당장 친구라고 하기에는 서먹한 관계지만, 이번만큼은 자신이 먼저 다가가겠다고 다짐한 윤후였다. 그에 윤후는 론을 한 번 쳐다보곤 상자를 내밀었다.

"고마워. 잘 봤어."

"응……."

윤후가 말을 하지 않으면 침묵이 흐르는 통에 윤후는 최선을 다해 말했다. 사회에 나온 지 일 년밖에 되지 않았기에 할 얘기는 가수 생활을 하던 얘기뿐이었고, 그 때문에 론이 전혀 공감하지 못하는 듯했다. 그에 윤후는 할 얘기가 떨어져 갈수록 점점 원래처럼 말이 짧아지고 있었고 스스로도 느끼고 있었다.

"아! 혹시 내 노래 들어봤어?"

"아니. 미안."

윤후는 다행이라고 생각했다. 노래라도 들으면 자신도 조금은 편안해질 것 같아 기쁜 마음으로 휴대폰에 들어 있는 자신의 노래를 검색했다. 그러던 중 에릭과 함께 만든 노래가 눈에 들어왔다.

조각.

아직 영어로 번역하진 않았지만, 그래도 론이 어떻게 들을지 궁금한 윤후는 곧바로 말했다.

"제목은 '조각'이야. 한국말로 부르긴 했는데 한번 들어볼래?"

"그래……."

윤후는 미소를 지으며 곧장 '조각'을 재생시켰다. 그러고는 자신도 감상하려는 듯 의자에 등을 기댔다.

너무 늦었다는 것을 알기에 난 아쉬움에 후회를 하네요

시간이 멈춘 그곳에서라면 내가 그곳에 함께할 수 있을까요

……

아직 할 말이 많이 있는데

추억의 조각만 맞출 수 있길, 그대의 빈 곳을 채울 수 있길

그때는 왜 내가 알지 못했는지 후회만 쌓여가네요

노래가 끝나자 윤후는 론이 어떻게 들었는지 궁금해 곧장 입을 열었다.

"어땠어?"

"좋다. 무슨 말인지 알아듣진 못했는데… 느낌은 좋다. 정말 가수였구나."

론이 엄지까지 내미는 모습에 윤후는 미소를 지었다. 그러자 론은 정말로 마음에 든 듯 물었다.

"영어로는 뭐라고 해야 돼?"

"영어로는……."

그저 간단히 'piece' 정도로 생각했는데 지금 생각해 보니 그런 것이 아니었다. 론의 질문 덕에 가사를 되새기던 윤후는 에릭이 어떤 조각을 말하려 했는지 생각에 잠겼다. 전체적인 가사는 그저 볼 수 없는 사람과의 추억을 그리워하는 정도라 생각했고, 자신의 생각에도 에릭은 별다른 말을 하지 않았다. 하지만 지금 영어로 바꿔보려고 하니 뭔가 찜찜한 기분이 들었다.

"혹시 영어로 하면 가사가 이상해?"

"아, 아니야. 한 번만 더 들어보자."

론은 자신의 노래를 또 듣는 윤후를 이상하게 쳐다봤고, 윤후는 개의치 않고 다시 '조각'을 재생시켰다. 그리고 윤후의 버릇이 이곳에서 또 나왔다. 옆에 사람이 있는 것도 신경 쓰지 않고 음악에 몰두해 반복해서 재생하고 있었다. 그때 론의 집 초인종이 울렸다.

"그 앤드류라는 분 오셨나 보다. 문 열어드리고 올게."

"…어? 벌써?"

윤후는 그제야 정신을 차리고 벽시계를 쳐다봤다. 그러고는 고개를 끄덕이며 일어서다 한 곳에 시선이 멈췄다.

앤드류는 론의 안내로 집으로 들어와 자신은 쳐다보지도 않고 멍한 얼굴로 벽을 쳐다보고 있는 윤후를 발견했다.

윤후의 시선을 따라 고개를 돌리니 벽시계 밑에 사진 하나가 걸려 있었다.

워낙 알 수 없는 행동을 하는 윤후이기에 앤드류는 말없이 가만히 기다렸고, 윤후가 정신 나간 사람처럼 터벅터벅 걷더니 상자 앞에서 멈췄다.

그러고는 상자를 보고 다시 천천히 고개를 들어 벽에 걸린 사진을 바라봤다.

"하, 진짜 바보 같다, 에릭 아저씨."

『여섯 영혼의 노래, 그리고 가수』 7권에 계속…

초대형 24시 만화방

신간 100%, 샤워실, 흡연실, 수면실(침대석), 커플석, 세탁기 완비

■ 광명 광명사거리역점 ■

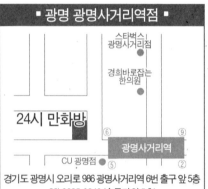

경기도 광명시 오리로 986 광명사거리역 6번 출구 앞 5층
02) 2625-9940 (솔목타워 5층)

■ 강북 노원역점 ■

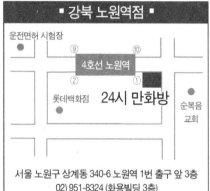

서울 노원구 상계동 340-6 노원역 1번 출구 앞 3층
02) 951-8324 (화용빌딩 3층)

■ 일산 정발산역점 ■

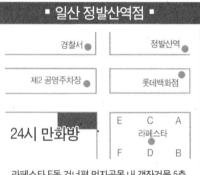

라페스타 E동 건너편 먹자골목 내 객잔건물 5층
031) 914-1957

■ 일산 화정역점 ■

경기도 고양시 덕양구 화정동 984번지 서일빌딩 7층
031) 979-4874 (서일사우나 건물 7층)

■ 부천 역곡역점 ■

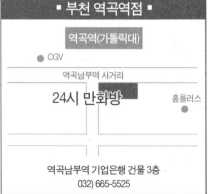

역곡남부역 기업은행 건물 3층
032) 665-5525

■ 부평역점 ■

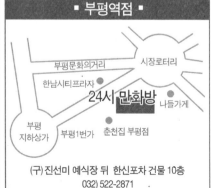

(구) 진선미 예식장 뒤 한신포차 건물 10층
032) 522-2871

韓醫

한의 스페셜리스트

가프 장편소설

FUSION FANTASTIC STORY

돌팔이 소리만 듣던 한의사 윤도.

달라지고 싶은 마음에 찾아간 중국 명의순례에서
버스 추락 사고에 휘말리고 마는데……

구사일생으로 살아 돌아온 지 30일.
전에 없던 스페셜한 능력들이 생겼다?

초짜 한의사에서 화타, 편작 뺨치는 신의로!
세상의 모든 질병과 인술 구현에 도전한다!

배우, 미친 흡입력

이산책 장편소설

FUSION FANTASTIC STORY

세계 최고의 스타 배우,
라이더 베스.

**온갖 사건 사고에 휘말린 후 약물 과다 복용으로 사망.
한국의 무명 스턴트맨 김태웅의 몸으로 깨어나다?**

조용한 삶을 살고자 하는 그의 귓가에 들리는 소리.

[배우의 꿈(Actor'S Dream) 시스템을 시작합니다]

어차피 스타, 될 놈은 된다!

Book Publishing CHUNGEORAM

유행이 아닌 자유추구 -
WWW.chungeoram.com

FUSION FANTASTIC STORY 류승현 장편소설

리턴마스터

2041년, 인류는 귀환자에 의해 멸망했다.

최후의 인류 저항군인 문주한.
그는 인류를 구하고 모든 것을 다시 되돌리기 위하여
회귀의 반지를 이용해 20년 전으로 돌아갔다. 하지만……

"어째서 다른 인간의 몸으로 돌아온 거지?"

그가 회귀한 곳은 20년 전의 자신도, 지구도 아니었다!

다른 이의 몸으로 판타지 차원에
떨어져 버린 문주한.
그는 과연 인류를 구원할 수 있을 것인가!

Book Publishing CHUNGEORAM